Elisabeth Dreisbach

Herz zwischen Dunkel und Licht

ELISABETH DREISBACH

Herz zwischen Dunkel und Licht

CHRISTLICHES VERLAGSHAUS GMBH
STUTTGART

9. Auflage 1986
46.-49. Tausend

Umschlagfoto: Reinhard Brändle, Rundfunkmission
Gesamtherstellung: Druckhaus West GmbH, Stuttgart
ISBN 3-7675-7001-7

„Und ich bleibe dabei, ich habe keine Tochter mehr. Gerthilde ist tot für mich, und ...“

„Das kann dein Ernst nicht sein, Johanna“, unterbrach Maria Liebfrau die erregte Freundin. „Deine mir unbegreifliche Härte macht dich noch einmal sehr unglücklich. Reiße doch nicht eine solche Kluft auf zwischen dir und Gerthilde!“

„Sie selbst hat sie aufgerissen, und es führt keine Brücke mehr von ihr zu mir.“ Frau Bornknecht erhob sich. Obgleich sie nicht mehr die Jüngste war — vor kurzem hatte sie ihren sechzigsten Geburtstag gefeiert —, stand sie aufrecht und selbstsicher vor ihrer Freundin. „Versuche nicht, mich umzustimmen! Mein Vorsatz ist gefaßt und unumstößlich. Gerthilde hat sich die Heimat verscherzt. Ihr Name soll nie mehr in meinem Hause genannt werden.“

Auch Maria Liebfrau stand auf. Traurig blickte sie zu der sie mehr als um Kopfeslänge überragenden Freundin empor.

„Ich habe nie gedacht, daß eine Mutter so unversöhnlich sein könnte“, sagte sie mit tiefem Ernst, und in ihren Augen standen Tränen. „Sagt nicht schon die Bibel: ‚...Kann auch ein Weib ihres Kindleins vergessen?‘ —!“

Mit herber Handbewegung schnitt Johanna Bornknecht ihr die Rede ab. „Es heißt aber schon viel früher: ‚Ehre Vater und Mutter!‘ — Meine Tochter hat meinen Willen mißachtet und mit Füßen getreten. Daher ist sie tot für mich. Hörst du" — beinahe leidenschaftlich klang die Stimme der sonst so beherrscht scheinenden Frau —, „auch du sollst ihren Namen nicht mehr vor mir nennen. Wenn dir an unserer jahrelangen Freundschaft etwas liegt, achte meinen Willen! Es wäre mir leid, wenn auch unsere Wege auseinanderführen würden." —

Stumm, aber tieftraurig hatte Maria Liebfrau die Freundin zur Haustüre begleitet.

„Möge es mir gelingen, dir immer wirklich Freundesdienste zu erweisen!" sagte sie, sich verabschiedend, und ließ die verbitterte Frau gehen. — — Das war vor fünf Jahren gewesen, kurz, nachdem Gerthilde Bornknecht ihre Mutter verlassen hatte, um die Frau des Mannes zu werden, den diese beinahe haßerfüllt als ihren Schwiegersohn ablehnte, und um dessentwillen sie die Tochter verstieß. — Ein paarmal, etwa zu Weihnachten oder am Geburtstag der Mutter oder dem der Tochter, hatte Fräulein Liebfrau den Versuch gewagt, Frau Bornknecht umzustimmen. Aber das verhärtete Herz der enttäuschten Mutter war nicht milder geworden in all den Jahren. Selbst, als die Freundin ihr die Nachricht brachte, Gerthilde habe einem Töchterlein das Leben geschenkt — in der Hoffnung, der Gedanke an das erste Enkelkind könne die Großmutter umstimmen —, war sie auf heftigsten Widerstand gestoßen. „Schweig' mir von Gerthilde! Ich habe keine Tochter mehr."

Und heute war der Brief von Bernt Walter gekommen. Wie gerne hätte sie ihn der Freundin gegeben! Aber nach deren Äußerungen hatte sie es nicht gewagt. Johanna war so unbeugsam und von ihrem Recht beinahe fanatisch überzeugt, daß es ihr zuzutrauen war, daß sie sich auch von ihr, der langjährigen Freundin, abwandte. Maria Liebfrau und Johanna waren Schulkameradinnen gewesen, unzertrennlich in den Kindheits- und Jugendjahren. Gemeinsam hatten sie ein Jahr der Ausbildung in der französischen Schweiz erlebt. Dann hatte Johanna einen jungen Arzt geheiratet, der später als Sanitätsrat Leiter des städtischen Krankenhauses und als solcher sehr geschätzt und geachtet wurde. Den beiden Söhnen des Arztehepaares folgte als kleiner Nachkömmling Gerthilde, die von allen sehr geliebte Tochter. Den Kindern wurde die beste Ausbildung zuteil. Die Söhne studierten. Der eine wollte Arzt, der andere Jurist werden. Die außerordentlich musikalische Tochter studierte Musik. Dann kam der Krieg. Beide Söhne fielen. Im letzten Kriegsjahr starb der Sanitätsrat. Nun blieb Frau Johanna nur noch die Tochter. Schwer, unsagbar schwer trug sie an dem Verlust ihrer hoffnungsvollen Söhne, aber sie war eine stolze Frau und verbarg den Schmerz in ihrem Innern. Niemand hätte behaupten können, sie in hemmungsloser Trauer gesehen zu haben. „Man trägt seine Gefühle nicht anderen zur Schau“, pflegte sie zu sagen. Nun lebte sie eben für die Tochter. Ihre Pläne lagen fest für sie. Gerthilde sollte ihrem Studium, ihrer Musik leben und später an einem Konservatorium unterrichten. Wenn sie dann und wann ein Konzert in der Heimatstadt gab, wollte sie nichts dagegen haben, aber auf Konzertreisen wünschte sie ihre Tochter nicht zu sehen. Es lag ihr nichts daran, daß sie heiratete. Sollte sie etwa, wie sie, Söhne in die Welt setzen, die sie später dann doch wieder opfern mußte? — — Das Herz der Frau krampfte sich in Bitterkeit zusammen. Nein, dieses namenlose Leid sollte der Tochter erspart werden. Solange sie lebte, wollte sie Gerthilde betreuen, und später würde sie wohl selbst imstande sein, sich zu versorgen. — Es schien ihr selbstverständlich, daß Gerthilde sich den Plänen ihrer Mutter, die ja deren Bestes wünschte und über genügend Lebenserfahrung verfügte, anpaßte. —

Und dann war Gerthilde mit einer Studienkollegin in die Schweiz gereist, um dort ihren Urlaub zu verbringen. Begeisterte Briefe sandte sie der Mutter, überwältigt von der Schönheit der Bergwelt. Dem kleinen Gebirgsort gegenüber, in dem sie mit der Freundin wohnte, lagen Jungfrau, Mönch und Eiger. „Ich kann mich nicht sattsehen an ihrer gewaltigen Pracht", schrieb sie der Mutter, „sei es am Morgen, wenn der Himmel sich in strahlender Bläue über ihrem blendenden Weiß wölbt, oder am Abend, wenn die Sonne ihr ewiges Schneegewand mit dem goldenen Schein des Alpenglühens schmückt." — — Aber nicht nur die landschaftlichen Schönheiten hatten Gerthilde damals stark beeindruckt. Sie berichtete der Mutter von einem Bibelheim, das sie dort oben in den Bergen kennen gelernt habe, in dem ständig etwa 100 junge Mädchen und junge Männer ausgebildet würden, die dann als Missionare oder sonstige Reichsgottesarbeiter entweder ins Ausland oder in einen sonstigen diakonischen oder kirchlichen Dienst gesandt würden. Sie selbst habe an einer Anzahl der Unterrichtsstunden in dieser Schule teilgenommen. Eine ganz neue Welt sei ihr dort aufgegangen. Zum erstenmal in ihrem Leben habe sie erkannt, daß die Bibel auch ihr persönlich etwas zu sagen habe. Sie bedaure nur eines, daß sie, die Mutter, nicht auch an diesen Erlebnissen teilnehmen könne. — Frau Bornknecht hatte damals den Brief lächelnd beiseite gelegt. — „Schwärmerei!“ dachte sie. „Reichsgottesarbeit!“ — Es war doch beinahe lächerlich, daß ihre Tochter sich solcher Worte bediente! — Nun, es war kein Grund zur Besorgnis. Gerthilde würde aus den Ferien zurückkehren, sich wieder ihrem Studium widmen und diese Jungmädchenschwärmerei hinter sich zurücklassen. Das waren gewisse Kinderkrankheiten, sie gingen vorüber. Es war gut, daß sich der Urlaub in der Schweiz seinem Ende zuneigte. — — —

Und dann war Gerthilde zurückgekehrt. Strahlend, sichtlich erholt, irgendwie verjüngt, keineswegs, ja, sagen wir einmal, frömmelnd wirkend. Frau Bornknecht war froh. — „Du siehst wohl aus, Kind. Ich freue mich, daß dir die Schweizerluft so gut getan hat.“

Gerthilde aber hatte beide Hände der Mutter ergriffen, und ein fast überirdisches Strahlen hatte ihr Gesicht verklärt:

„Mutti, es war unbeschreiblich schön, und ich habe ein ganz, ganz großes Erlebnis gehabt.“

Frau Bornknecht erschrak. — Sollte dieses strahlende Aussehen etwa bedeuten ... „Du hast dich doch nicht heimlich verlobt?“ Die Mutter schalt sich im stillen, daß ihr dieses unbedachte Wort entschlüpft war. Wie konnte sie ihrer Tochter nur so etwas nahelegen?

Gerthilde schüttelte errötend den Kopf. „Nein, Mutti, das würde ich doch nicht ohne dein Wissen tun.“

„Und ebensowenig ohne mein Einverständnis“, fügte Frau Bornknecht eilig hinzu. „Das versteht sich ja von selber. Aber sage mir, Kind, was hast du erlebt?“

Und nun sagte Gerthilde etwas, was die Mutter in große Verlegenheit brachte, denn Pauline, das Hausmädchen, betrat gerade das Zimmer.

„Ich bin dem Herrn Christus begegnet.“

Dann war es an Frau Bornknecht, zu erröten. Sie räusperte sich und schob hastig eine Vase zurecht, die vor ihr auf dem Tische stand. „Du drückst dich allerdings ein wenig ungewöhnlich aus. Du willst gewiß sagen, du seiest dort in der — wie nannte sich doch dieses Haus? — in der Bibelschule stark religiös beeindruckt worden. — Aber das legt sich wieder. Du wirst damit fertig werden. Vergiß nicht, daß der Alltag jetzt wieder seine Forderungen an dich stellt! Du wirst fleißig arbeiten müssen, also tust du gut daran, diese Schwärmereien hinter dir zu lassen.“

Da hatte Gerthilde mit großem Ernst geantwortet: „Mutter, von Schwärmereien kann hier nicht die Rede sein, und was den Alltag betrifft, so habe ich fest vor, mit Gottes Hilfe dieses Erleben in ihn hineinzutragen. Ich habe ganz bewußt einen neuen Weg beschritten.“

„Einen neuen Weg?“ hatte die Mutter, bereits leicht erregt werdend, gefragt. „Ich wüßte nicht, daß das nötig wäre. Du bist doch nicht bei den Heiden, sondern in einem christlichen Land und Haus aufgewachsen. Genügt dir das nicht?“

„Nein, Mutter, so, wie es bisher war, genügt es mir nicht mehr. Ich habe erkannt, daß man diese ewigen

Fragen nicht als Nebensächlichkeiten am Rande des Lebens betrachten kann. Es geht hier um die Forderungen Gottes, zu denen wir Stellung zu nehmen haben. Und jeder Mensch muß sich entscheiden, entweder für oder gegen Christus."

„Nun hör' einmal", hatte Frau Bornknecht aufbegehrt, „man kann alles übertreiben. Das fehlte mir noch, daß du in der Sprache Kanaans zu reden beginnst, wie Frau Wittich, die hinter jedem zweiten Satz säuselt: ‚So der Herr will!' und geradezu tut, als sei sie mit dem Herrgott ‚per Du' und kenne ihn aus allernächster Nähe. Nein, ich danke, und das kann ich dir in aller Entschiedenheit sagen, so etwas dulde ich nicht in meinem Haus. Ich habe euch Kinder christlich erzogen, unser verehrter alter Pfarrer hat euch unterrichtet, ihr seid konfirmiert worden, wir gehen, wenn auch nicht jeden Sonntag, so doch regelmäßig, zur Kirche, und damit ist's übrig genug. Schlage dir alles Weitere aus dem Kopf! Und nun komm zu Tisch, wir haben lange genug über diese Dinge geredet!" — Sie legte den Arm um die Schultern Gerthildes. „Und im übrigen weiß ich genau, daß meine Tochter ganz von selbst wieder zur Vernunft kommt. Jedenfalls freue ich mich, daß du dich so gut erholt hast."

Obwohl beide, Mutter und Tochter, sich bemüht hatten, den sich zwischen ihnen ausbreitenden Schatten zu übersehen: er war geblieben, ja, er hatte sich je länger, desto mehr vergrößert. Es war tatsächlich, als lebten beide in zwei verschiedenen Welten. Wohl versuchte Gerthilde immer wieder, verursacht durch den Wunsch, die Mutter teilnehmen zu lassen an dem, was ihr so groß und wichtig geworden war, dieser zu erklären, was sie so stark bewegte, aber die Kluft zwischen ihnen wurde nur noch tiefer. —

„Mutter, wenn es wahr ist, was die Bibel sagt, daß wir nach diesem Leben hier auf Erden vor Gott zu erscheinen und für unser Tun Rechenschaft abzulegen haben, dann genügt es doch nicht, daß man sich nur dann und wann mit ihm befaßt, etwa an kirchlichen Feiertagen oder auch nur am Sonntag, wenn man eventuell zur Kirche geht. Wir können doch unser Christentum nicht nach Belieben hervorholen und wieder zurückstellen, wie man ein Sonntagskleid aus dem Schrank holt, es anzieht und nachher wieder weghängt!"

So hatte Gerthilde gesprochen, und die Mutter war aufgefahren: „Wie redest du zu mir? Willst du mir Vorschriften machen? Glaubst du, ich sei keine Christin, weil ich nicht so viel süßliche Worte von diesen selbstverständlichen Dingen mache, wie du? Schließlich gibt es auch eine Keuschheit der Seele, die einem verbietet, solche auszusprechen. Jedenfalls wünsche ich diesen Ton nicht von dir zu hören."

Gerthilde hatte mit den Tränen gekämpft. „Mutti, wenn du mich doch verstehen wolltest! Ich bin weit davon entfernt, dir Vorschriften machen zu wollen, aber sieh, es ist mir in der Schweiz in der Bibelstunde so klar geworden, daß eine ganz bewußte Stellungnahme von uns gefordert wird! Gewiß, ich nannte mich auch Christin, ich bin wohl im Religionsunterricht gewesen, bin konfirmiert worden, habe oft neben dir in der Kirche gesessen, aber im Grunde genommen war ich gar nichts. Ich wußte nicht, daß ich fern von Gott war, er mir ein Geschenk, ein ganz großes Geschenk anbot durch Christus, seinen Sohn, und mit diesem die Errettung meiner Seele, und daß ich nichts anderes zu tun hatte, als dieses Geschenk anzunehmen. Das habe ich nun in der Bibelschule ..."

Frau Bornknecht war in heftiger Erregung aufgesprungen: „Immer diese Bibelschule! Ich will jetzt nichts mehr davon hören!" — —

Die Sache begann sie zu beunruhigen. Hatte man nicht schon von religiösem Wahnsinn gehört? Wenn nun ihre Tochter ...? Nicht auszudenken!

So ging sie eines Tages zu ihrem alten Pfarrer und sprach mit ihm von ihrer Besorgnis. „Herr Pfarrer, ich mache mir ernstlich Sorgen um Gerthilde. — Sie kennen sie doch seit ihrer Kindheit. Sie haben sie konfirmiert. Sie wissen, welch gut veranlagtes Kind sie immer war, — vielleicht nur etwas zu weich, wie ihr Vater leider auch, der sich bei all seiner Intelligenz durch seine übergroße Gutmütigkeit nur zu oft ausnützen ließ. — Aber stellen Sie sich vor, jetzt spricht das Mädel davon, daß sie erkannt hat, daß sie vor Gott nicht bestehen kann, von Sünde und Schuld hat sie schon geredet. Es ist geradezu peinlich und wäre mir aufs äußerste unangenehm, wenn sie in unserem Bekanntenkreis solche überspannten Gedanken ausspräche. — Was raten Sie mir zu tun?"

Und der alte Pfarrer hatte geantwortet: „Das geht vorüber, Frau Sanitätsrat. Jugendliche Schwärmerei, die in den meisten Fällen nicht lange anhält. Lassen Sie Ihre

Tochter so oft wie möglich an gesellschaftlichen Veranstaltungen teilnehmen! Sie ist doch im heiratsfähigen Alter. Sie werden sehen, wenn der richtige Mann in ihren Gesichtskreis tritt, verlieren sich derartig übertriebene Ansichten sehr bald. Ich habe das oft genug erlebt. — — — Sie haben doch sonst nicht über Gerthilde zu klagen?"

„Nein, in keiner Weise. Sie ist heiter und von einer mich fast befremdenden Fröhlichkeit. Ihr Benehmen ist tadellos. Sie tut, was sie mir von den Augen ablesen kann, immer hilfsbereit, entgegenkommend und besorgt um mich. — Ich könnte mir keine liebevollere Tochter denken. Nur wenn diese religiösen Verirrungen über sie kommen, dann wird sie geradezu fanatisch. — Jetzt will sie durchaus Kindergottesdiensthelferin werden."

„Nun, das wäre das Schlimmste nicht", hatte der Pfarrer geantwortet. „Wir können da immer tüchtige Kräfte gebrauchen. — — Aber sagen Sie, Frau Sanitätsrat, hat Ihre Tochter vielleicht einen Mann in der Schweiz kennen gelernt, der da eine Rolle spielen könnte? Man erlebt da ja manchesmal eigenartige Dinge."

„Nicht, daß ich wüßte. Jedenfalls kann von irgendwelcher Bindung nicht die Rede sein. Sie bekommt wohl zuweilen Briefe von Schülern und Schülerinnen dieser Bibelschule, hat mir auch schon begeistert davon erzählt, wie es sie beeindruckt habe, wenn sie zum Beispiel mit ihrer Freundin einen Waldspaziergang unternommen habe, daß sie immer wieder auf den Bänken am Wegesrand oder in der Parkanlage, die zu der Schule gehört, junge Mädchen und Männer bibellesend und studierend getroffen hat, die von der Wichtigkeit ihrer Berufsausbildung als Missionare durchdrungen waren. So etwa drückte sie sich aus. Von dem Wort „Berufung“ ist bei ihr auch immer die Rede. — Sie hat sich da Redewendungen und Ausdrucksformen angewöhnt, die mich geradezu unangenehm berühren. — Aber daß sie irgendwelche Beziehungen zu einem Mann hätte, davon hat sie mir nichts gesagt. Und das würde sie niemals hinter meinem Rücken wagen.“

Der alte Pfarrer war nach dieser Unterredung der Meinung gewesen, daß bestimmt kein Grund zur Besorgnis vorläge. In Angelegenheit der Hilfe im Kindergottesdienst wolle er ihr seinen Vikar schicken. Der leite die Jugendarbeit in der Gemeinde.

Wenige Tage später war dieser dann auch gekommen. Gerthilde war nicht zu Hause gewesen. Er war ein angenehmer junger Mann, dem man auf den ersten Blick die gute Kinderstube ansah. Frau Bornknecht war bald in angeregter Unterhaltung mit ihm. Sie faßte Vertrauen und sprach auch zu ihm von ihren Sorgen mit Gerthilde. Und nun geschah es, daß der junge Mann die gefahrbefürchtende Mutter auch zu beruhigen suchte, aber auf eine ganz andere Art und Weise. . . . „Aber, liebe Frau Bornknecht, das ist doch ein Grund zur Freude und nicht zur Besorgnis. Kann es etwas Beglückenderes für eine Mutter geben, als wenn sie erkennt, daß ihr Kind, vom Heiligsten durchdrungen und überzeugt, den rechten Weg gewählt hat? Meine Mutter hat Freudentränen geweint, als ich ihr, zurückgekehrt aus der Kriegsgefangenschaft, sagen konnte: ‚Ich bin in jener schweren Zeit zum

Glauben an unseren Herrn Jesus Christus gekommen. Mein Leben soll fortan ihm gehören'."

Frau Bornknecht hatte sich daraufhin noch höher aufgerichtet auf ihrem Stuhl und war eiskalt geworden. „Dann sind Sie wahrscheinlich aus anderen Kreisen gekommen wie meine Tochter", hatte sie gesagt und sich erhoben. „Gerthilde kann, wenn Interesse dafür vorhanden ist, sich in Angelegenheit der Kindergottesdiensthilfe an Herrn Pfarrer Maiser wenden, der sie ja auch eingesegnet hat." Der Vikar war entlassen. —

Gerthilde hatte ihn dann im Treppenhaus getroffen und sich lange und lebhaft mit ihm unterhalten. Sie verstanden sich sichtlich. Als die Tochter die Wohnung betrat und der Mutter freudig berichten wollte: „Denk' dir, der Herr Vikar kennt die Bibelschule in der Schweiz und bejaht sie völlig!" da war ihr eisige Kälte entgegengeströmt. Bei Tisch hatte die Mutter kein Wort gesprochen. — — —

Maria Liebfrau saß noch immer in ihrem kleinen Erker, den heute an sie gekommenen Brief in der Hand, und ließ alle diese Geschehnisse an ihrem inneren Auge vorüberziehen. Wie schwer war das damals für Gerthilde gewesen, als sie entdeckte, daß die Mutter sich immer mehr von ihr zurückzog! Aber es war noch viel schlimmer geworden, als jener Brief von Bernt Walter aus der Bibelschule gekommen war. Er war dort als Schüler, nachdem er aus der Kriegsgefangenschaft zurückgekehrt war und seine Heimat zerstört gefunden hatte. Sein Vater war Gartenbauarchitekt gewesen, hatte in Ostpreußen eine große Gärtnerei und etliche Baumschulen gehabt. Bewußt christlicher Geist herrschte im Hause Walter, und der Vater erlebte die große Freude, daß beide Söhne nicht nur seinen Beruf ergriffen, sondern auch seinem Vorbild nachstrebten und echte Christen wurden. Ein Lungenleiden befreite den ältesten vom Kriegsdienst. Als ihr Heimatort von Bomben zerstört wurde und die Stadt geräumt werden mußte, flüchtete auch er mit dem nun schon alten Vater nach Süddeutschland, wo sie hofften, Verwandte zu finden. Diese waren inzwischen gestorben. In einer engen Dachkammer begann nun für beide ein neues, wenn vorerst auch sehr kümmerliches Dasein. Aber es war merkwürdig gewesen: das Leid der Nächsten, die große Not derer, die mit ihnen geflüchtet waren, ließen sie ihre eigene Not zurückstellen. Der alte Mann wurde Seelsorger und Berater vieler, und die Dachkammer eine heilige Stätte. —

Der älteste Sohn hatte inzwischen wieder angefangen, in seinem Beruf zu arbeiten, bekam bereits manchen Auftrag zum Einrichten der Gärten und Anlagen in Neubauten und hatte sich auch wieder eine kleine Gärtnerei errichtet. Ein Rückenleiden des alten Vaters fesselte diesen meistens ans Bett und lähmte ihn schließlich fast vollständig. Bernt, der zweite Sohn, blieb nach seiner Entlassung aus der Kriegsgefangenschaft nur wenige Monate zu Hause und wurde dann Schüler der Bibelschule in der Schweiz, um später als Missionar nach Afrika zu gehen. Der Vater freute sich seines Entschlusses. —

Gerthilde Bornknecht hatte Bernt bei ihrem Besuch in der Schweiz kennen und als einen ernsten und über seine Jahre gereiften Menschen, aber auch als einen fröhlichen Christen kennen gelernt. Sie hatten nach ihrer Rückkehr einige Briefe gewechselt, bis dann dieser bewußte gekommen war. Bernt Walter hatte damals geschrieben, daß sein Bruder, kurz, nachdem er sich in seiner Gärtnerei ein kleines, freundliches Einfamilienhaus erstellt hatte, das er mit seinem kranken Vater und einer alten Hausangestellten, die ebenso wie sie geflüchtet war, bewohnte, seinem früheren Leiden erlegen sei. Zwar wolle der Vater nicht, daß er, Bernt, seinen Plan, Missionar zu werden, aufgebe und zu ihm zurückkehre, aber er selbst fühle es als seine erste Pflicht, sich seiner anzunehmen und ihn in seinen alten und Leidenstagen zu versorgen. Wenn Gott den alten Mann zu sich nehme, wolle er gerne wieder als Missionar zur Verfügung stehen, so dieses der ihm von Gott gewiesene Weg sei. Jetzt aber gedenke er die Arbeit seines Bruders weiterzuführen und frage sie, Gerthilde, ob sie bereit sei, ihm als seine Frau zu folgen. — Schon damals, als er sie in der Schweiz kennen gelernt habe, sei dieser Wunsch in ihm wach geworden. Er habe aber mit Hinsicht auf seinen Weg als Missionar nicht gewagt, ihn vor ihr auszubreiten, habe aber mit Gott darüber gesprochen und ihn gebeten, ihm zu zeigen, was sein Wille für sein Leben sei. Er sei davon überzeugt gewesen, daß es Gott möglich wäre, sie beide zusammenzuführen, wollte aber unter keinen Umständen etwas erzwingen, sondern einfach auf seine Führung warten. — Nun glaube er, daß der Zeitpunkt gekommen sei, sie zu fragen. —

In Gerthilde war damals eine große Not aufgebrochen. Je länger, desto mehr fühlte sie sich zu Bernt Walter hingezogen. Zwar glaubte sie ihn in der kurzen Zeit ihres Schweizer Aufenthaltes, wo sie nur einigemal mit ihm zusammengewesen war, nicht genügend kennen gelernt zu haben, als daß sie ihm jetzt schon ein entscheidendes Wort hätte geben können. Aber sie wünschte, daß er käme, auch, damit die Mutter ihn kennen lernen könne und sich hier diese für sie so ernste Lebensfrage entscheide.

Frau Bornknecht geriet außer sich, als die Tochter damals gewagt hatte, mit ihr darüber zu sprechen. — „Belogen hast du mich", behauptete sie, „sprich du mir nicht von christlicher Gesinnung! Du hast genau gewußt, was dieser Mensch für Absichten hatte. — Ein Gärtner! Dazu ein Flüchtling! Wer weiß denn, ob seine Angaben stimmen? Du kennst seine Vergangenheit nicht! Keine Referenzen hat er vorzuweisen! Geradezu lachhaft! Und du glaubst, daß ich dazu meine Zustimmung geben soll? — Das wirst du nicht erleben. Eher trennen sich unsere Wege für immer."

Unsagbar hatte Gerthilde gelitten. Bernt Walter kam aus der Schweiz. Frau Bornknecht empfing ihn nicht. „Ein simpler Gärtner für meine einzige Tochter? — Unter keinen Umständen werde ich das dulden. Wir werden sehen, wer sich durchsetzt." —

Und Gerthilde Bornknecht hatte Bernt Walter geheiratet. „Ich glaube zu wissen, daß es der mir von Gott gewiesene Weg ist, an der Seite dieses Mannes meinen Platz auszufüllen, vor allem als seine Frau und Gehilfin, dann in seiner Gärtnerei, und indem ich die Pflege seines gelähmten Vaters übernehme, den ich nun auch als einen ganz feinen und wertvollen Menschen kennengelernt habe, und vielleicht später, so Gott will, in Afrika als Missionarsfrau. Nach dem, was ich in der Schweiz innerlich erlebt habe, kann ich nicht mehr nur für mich selbst und für meine eigenen Interessen leben. Mein größter Schmerz ist, daß meine Mutter meine Entscheidung nicht bejaht, und unsere Wege sich jetzt scheinbar trennen, aber Bernt und ich werden nicht aufhören, Gott zu bitten, daß er uns unsere Mutter wieder zuführt." So hatte Gerthilde zu Fräulein Liebfrau, die ihre Patentante war, gesprochen. Diese war auch die einzige aus Gerthildes Bekanntenkreis gewesen, die an ihrer Hochzeit teilgenommen hatte. Die Mutter hatte es ihr streng untersagt, irgend jemand aus dem Verwandtenkreis davon zu unterrichten. Wenn du schon gegen meinen Willen handelst, dann tue mir wenigstens nicht diese Schmach an, daß du es andere wissen läßt, wie tief du hinabsteigst mit einem Mann, der nur Gärtner ist! Für mich aber bist du tot. Und auch unseren Freunden werde ich es sagen: „Ich habe keine Tochter mehr!"

„Mutter!" hatte Gerthilde aufgeschrien. „Mutter!" Aber diese hatte ihr den Rücken gekehrt. „Es ist mein letztes Wort!"

So war über der Hochzeit des jungen Paares ein Schatten gelegen. Gerthilde litt unter der Haltung ihrer Mutter mehr, als sie es sagen konnte. Ihr Mann aber umgab sie mit seiner Liebe wie mit einem schützenden Mantel, so daß sie wenigstens ruhiger wurde und es lernte, diesen Schmerz um die Mutter Gott hinzulegen. — Nach außen hin war sie in engere Verhältnisse gekommen, was aber ihre innere Überzeugung anbetraf, so fühlte sie sich hier in ihrem neuen Lebenskreis völlig verstanden und ging mit ihrem Mann den gleichen Weg.

„Nie habe ich vorher geahnt“, schrieb sie an Tante Maria, „daß es etwas so unaussprechlich Großes und Wunderbares ist, wenn zwei Menschen, die sich lieb haben, miteinander ihr Herz vor Gott ausschütten, und welch ungeahnte Kräfte aus solchem Beten hervorgehen.“

Ein wunderschönes Verhältnis entspann sich zu ihrem Schwiegervater. Welch ein Leidensheld war der Gelähmte! Immer gleichbleibend und ausgeglichen, dankbar für jede Handreichung, verbreitete er eine friedvolle und beruhigende Atmosphäre und half damit Gerthilde, seiner Schwiegertochter, die immer wieder in ihr aufsteigende Not, die verbitterte Mutter betreffend, zu überwinden. Er war es auch, der sie einführte in die Wahrheiten der Bibel. Er verfügte über große Kenntnisse auf diesem Gebiet und lebte seiner Umgebung wahrhaft vorbildliches Christentum vor. —

Bernt hatte viele Aufträge. Sein Ruf als tüchtiger Gartenarchitekt sprach sich herum. Er war tagsüber viel auswärts, während zwei Angestellte in der Gärtnerei arbeiteten. Gerthilde gewann große Freude an dem Beruf ihres Mannes. Zuerst war die Arbeit ihr ungewohnt und strengte sie sehr an, aber es war ihr bald Bedürfnis und Lust, sich zu beteiligen und ihrem Manne zu helfen. Das einzige, was sie vermißte, war ihre Musik. Die Mutter hatte ihr nicht ein Stück zu ihrer Aussteuer gegeben, erst recht nicht ihren Flügel. Wo hätte sie ihn auch in ihrem kleinen Häuschen aufstellen können! — Als ihr Mann ihr aber im dritten Jahr ihrer Ehe ein Klavier zu Weihnachten schenkte, war sie hochbeglückt. Er selbst spielte gut Geige, und nun musizierten sie an Sonn- und Feiertagen miteinander, was besonders für den kranken Vater eine große Freude war. Mathilde, die alte Hausangestellte, hätte am liebsten der jungen Frau alle schwere Arbeit abgenommen. Sie sah wohl, daß sie solche bisher nicht gewöhnt gewesen war. Aber Gerthilde ließ dieses nicht zu. „Ich will den mir zugewiesenen Platz in aller Treue und Gewissenhaftigkeit ausfüllen", pflegte sie zu sagen. —

Große Freude brachte die Ankunft der kleinen Tochter. „Dorothea — Gottesgabe — soll sie heißen", bestimmte der Vater, „denn eine solche ist sie wirklich."

Wie gerne hätte Gerthilde die Mutter an diesem Glück teilnehmen lassen! Aber jeder Brief, den sie an diese geschickt hatte, war ungeöffnet zurückgekommen mit dem Vermerk: „Annahme verweigert!" Manche Träne vergoß die junge Frau um dessentwillen. „Wir müssen auf Gottes Stunde warten", sagte ihr Mann oft, wenn er Gerthilde wieder mit verweinten Augen antraf. „Sagtest du mir nicht, daß dein Konfirmationsspruch gelautet habe: Sei stille dem Herrn, und warte auf ihn! Sieh, das ist die Lektion, die du jetzt lernen mußt! und vielleicht sollen wir erkennen, daß die Macht des Gebets, der Fürbitte, die größte ist. Sei überzeugt, Gerthi, Gott wird eines Tages antworten, auf irgendeine, vielleicht auf eine ganz andere Art, als wir es erwarten. Er hat Mittel und Wege genug."

Und nun dauerte dieses Warten schon einige Jahre. Auf viele ihrer Gebete hatte Gott geantwortet. Auf dieses noch nicht. Dorothea wuchs heran, war nun schon bald fünf Jahre alt, ein fröhlicher kleiner Singvogel, voll drolliger Einfälle, die Freude ihrer Eltern, besonders aber die des gelähmten Großvaters, dem so wenig von seinem Leben, gar nichts von seinem irdischen Besitz geblieben, und der doch so reich war, weil er den Sinn des Wortes erkannt hatte: ...„daß uns werde klein das Kleine und das Große groß erscheine". Täglich saß die kleine Dorothea an seinem Bett und sang und plauderte ihm vor.

„Dorothea, liebe, kleine Gottesgabe!" konnte er dann wohl sagen. — Sie aber überhäufte ihn unentwegt mit Fragen, denn er hatte ja Zeit, zuzuhören. Die anderen waren immer so beschäftigt.

„Großvater, warum kannst du nicht laufen, wo du doch Beine hast?"

„Großvater, warum hab' ich keine Flügel, wie die Schwälbchen?"

„Großvater, möchtest du auch ein Frosch sein? — Die dürfen immer ins Wasser springen, und keine Mutti schimpft, wenn sie sich naß machen."

„Du sagst doch, der Onkel Richard ist im Himmel. Warum bringen wir denn Blumen auf sein Grab? Und die Mathilde sagt, er liegt da unten drin in der Erde. Wo ist er nun, Großvater, im Grab oder im Himmel?"

Und der alte Mann bemühte sich in rührender Geduld,

all die Fragen des Kindes zu beantworten, und wo ihr Wissensdurst oft seine Erkenntnis überstieg, mochte er ihr wohl liebevoll über das Lockenköpfchen streichen: „Kind, das kann ich dir nicht sagen. Das werden wir erst erfahren, wenn wir zu Hause sind.“

„Wo ist zu Hause, Großvater?“

Dann konnte es sein, daß der Gelähmte eine Weile ganz still war und nach innen lauschte. Ja, wo war eigentlich zu Hause? In Ostpreußen, der alten, lieben Heimat, wo auch das Grab seiner Frau war? — — Nein, nein, wie gut, daß er sie nicht dort suchen mußte! Die unbarmherzige Walze des Krieges hatte ja alles zerstört und zerstampft. Nichts bestand mehr von dem, was er einst für seine Familie erarbeitet hatte, sein schönes Haus, der prächtige, gepflegte Garten. Nur Trümmer waren geblieben, und auch der Friedhof war zum Kriegsschauplatz geworden. Nein, wie gut, daß er seine Frau nicht dort suchen mußte, sondern in der anderen, in der ewigen Heimat!

„Großvater, du sagst gar nichts mehr“, drängte Dorothea. „Wo ist zu Hause, Großvater?“ Und der alte Mann griff nach der Bibel, die immer neben seinem Bett lag, und in der er ungezählte Stellen angestrichen hatte, weil sie ihm wichtig und wertvoll geworden waren. Einen kurzen Augenblick blätterte er suchend darin und schlug dann den 90. Psalm auf. Dann las er dem lauschenden Kinde die ersten drei Verse vor . . . „Herr Gott, du bist unsere Zuflucht für und für . . .“ Natürlich war Dorothea noch zu klein, um ihren Sinn zu verstehen. Aber sie wußte, das Buch, aus dem Großvater las, erzählte vom lieben Gott. Da mußte man still und aufmerksam sein. So faltete sie die Hände und sah den Großvater erwartungsvoll an. — Also, wo war dieses zu Hause, von dem er gesprochen hatte? Nicht hier, bei Vati und Mutti? — — Und der alte Mann las weiter: . . . „Kommt wieder, Menschenkinder!“ — — Und dann sagte er: „Sieh, Dorothea, wir alle sind von Gott gekommen. Und hier ruft er uns wieder zu sich zurück. Wiederkommen kann man nur dahin, wo man schon einmal gewesen ist. Und darum ist unser ‚zu Hause‘ bei Gott, und wir sind hier auf Erden nur auf dem Heimweg.“

Bei den letzten Worten war Gerthilde, die die Kleine holen wollte, ins Zimmer getreten und hatte diese noch gehört. „Glaubst du, Vater“, fragte sie, „daß die Kleine schon versteht, was du ihr da sagst?“

„Gewiß nicht im vollen Ausmaß seines Wertes“, gab der Kranke zur Antwort. „Aber die Worte dringen doch in ihr Unterbewußtsein und bleiben dort liegen. Einmal aber werden sie wieder emporsteigen und ihr etwas bedeuten. Natürlich wird man ihr noch nicht zu viel von dieser starken Kost reichen dürfen. Das würde sie nicht verkraften. — Aber ich denke manchmal, wer weiß, wie lange ich alter kranker Mann meinem Enkelkind noch etwas sagen und mit auf den Lebensweg geben kann.“ Bei diesen Worten hatte er seine Hand auf Dorotheas Köpfchen gelegt, als wenn er sie segnen wollte, und sagte wieder:

„Liebe, kleine Gottesgabe!“

Gerthilde sagte in tiefer Bewegung: „Du mußt noch lange bei uns bleiben, Vater. Wir brauchen dich noch alle, vor allem ich selbst, die ich doch keine Verbindung mit der Heimat mehr habe.“ —

So bestimmte eine harmonische, friedvolle Atmosphäre das Leben dieser Menschen, die um den wahren Sinn des Lebens wußten und aus dieser Schau das rechte Verhältnis fanden zu den Menschen und den Dingen.

Ganz stimmte es allerdings nicht, was Gerthilde zu ihrem Schwiegervater gesagt hatte. Eine Verbindung mit der Heimat war ihr doch geblieben. Maria Liebfrau, ihre Patentante, stand mit ihr in regem Briefwechsel. Sie besuchte sie auch jedes Jahr ein- oder zweimal und berichtete ihr auch über das Ergehen ihrer Mutter. Jede Woche kam sie bestimmt einmal in das Haus ihrer Jugendfreundin, aber Frau Bornknecht wußte nicht, daß Maria in regelmäßiger Verbindung mit ihrer Tochter und deren Familie stand, denn sie hatte es ihr wiederholt streng verboten, deren Namen in ihrer Gegenwart zu nennen. Einmal war Frau Bornknecht schwer krank gewesen. Maria hatte täglich nach ihr gesehen und sich auch anerboten, sie zu pflegen, aber Johanna hatte es dankend abgelehnt mit der Begründung, von Pauline, die seit vielen Jahren Dienst in ihrem Hause tat, gut versorgt zu sein.

Als die Krankheit aber Anlaß zu ernster Besorgnis zu geben schien, hatte Maria Liebfrau es gewagt, die Freundin zu fragen, ob sie nun nicht doch wünsche, ihre Tochter zu sehen, aber diese war darob derart erregt geworden, daß man nur eine Verschlimmerung der Krankheit befürchten mußte. So wagte Maria Liebfrau nicht, Gerthilde kommen zu lassen. —

Man konnte natürlich nicht verhüten, daß in der Kleinstadt auch Gerüchte über das Verhältnis Frau Bornknechts zu ihrer Tochter kursierten. Fragen nach Gerthilde hatte die Mutter überhaupt nicht oder einige Male tatsächlich mit den Worten: „Meine Tochter ist verschollen!" beantwortet. Fragte man Pauline, die langjährige Stütze, so brach diese in Tränen aus und schluchzte: „Ich kann nichts darüber sagen, fragen Sie mich nicht!"

„Frau Bornknecht wird sonderlich", sagten die Leute. Man zog sich von ihr zurück. Diejenigen aber, die mit ihr in Verbindung blieben, wagten nicht mehr über die Tochter in ihrer Gegenwart zu reden.

Über all diese Dinge und Erlebnisse dachte Fräulein Liebfrau nach, nachdem sie den Brief Bernt Walters gelesen hatte. Noch einmal vertiefte sie sich in denselben.

Liebe Tante Maria!

Du fragst in Deinem letzten Brief nach unser aller Ergehen. Dein Patenkind Dorothea ist gesund und munter und manchmal ein kleiner Frechdachs. Sie ist außerordentlich lebhaft und oft sehr laut und wild. Es ist gut, daß wir den Garten haben, in dem sie sich tummeln kann. Dort geht sie allerdings meinen Gehilfen manchesmal auf die Nerven, weil sie trotz Verbot des öfteren Blumen abreißt, auf den Beeten herumtrampelt, in die Wasserbehälter steigt oder fällt, wobei sie einmal beinahe ertrunken wäre. Aber sie kann auch wieder sehr lieb sein und ist recht unglücklich, wenn sie wieder etwas angestellt hat und man sie strafen muß.

Meinem Vater geht es immer gleichbleibend. Er ist an

sein Bett gefesselt, hat glücklicherweise nicht viel Schmerzen, benötigt jedoch je länger, desto mehr Pflege und Versorgung. Er kann, da die Lähmung fortschreitet, sich nun gar nicht mehr alleine helfen. Wir müssen ihn füttern, heben und tragen, kurz, jede Handreichung für ihn tun. — Da er aber so ausgeglichen in seinem Wesen und überaus geduldig und dankbar ist, pflegen wir ihn mit Freuden und erbitten von Gott, daß er ihn uns noch lange erhält.

Sorgen macht mir im Augenblick Gerthildes Zustand. Du weißt, daß wir in vier Monaten unser zweites Kind erwarten. Als Dorothea sich angemeldet hatte, ging es Gerthilde viel besser. Beschwerden, wie sie solche jetzt hat, kannte sie damals nicht. Vielleicht hat sie sich aber auch mit der Arbeit geschadet. Ich hatte in den letzten Monaten sehr viel Aufträge und konnte mich der eigenen Gärtnerei kaum widmen. Obgleich ich noch einige Leute angestellt habe, läßt Gerthilde es sich nicht nehmen, vom Morgen bis zum Abend mitzuarbeiten. Vielleicht ist es ihr nun doch zu viel geworden. Dazu das unruhige Kind, Dorothea, die zweifellos viel Kraft von ihrer Mutter fordert. Was sie aber immer weniger verkraften kann, das ist die innere und äußere Trennung von ihrer Mutter. Daß diese in ihrem Alter nun allein sein muß und sich nicht an ihrer Enkeltochter und auf das kommende Kindchen freut, macht sie beinahe gemütskrank. Wäre sie nicht ein so tief in Gott gegründeter Mensch: ich fürchte, es wäre bereits so weit gekommen. So aber richtet sie sich immer wieder daran auf, daß sie weiß: wenn Gottes Stunde kommt, wird er auch diese Not von ihr nehmen. Oft kann ihr nur noch unser gelähmter Vater, an dem sie sehr hängt, zureden und sie ermutigen. — — Gewiß wird es wieder besser, wenn das Kleine erst da ist. Es soll ja oft so sein, daß Frauen in dieser Zeit mit Gemütsdepressionen zu tun haben. —

Nun hätte Gerthilde Gelegenheit, in einem christlichen Müttererholungsheim einige Wochen der Erholung zu verleben. Ich möchte so gerne, daß sie dorthin geht. Es täte ihr gewiß gut an Leib und Seele. Aber sie meint, sie könne nicht gehen, weil wir neben all unserer Arbeit Dorothea nicht versorgen können. Meinen Vorschlag, sie zu irgendwelchen Bekannten zu geben während ihres Fortseins, lehnt sie ab mit der Begründung, das Kind sei zu unruhig. — Nun, ich hoffe doch, daß wir noch eine Lösung finden, denn Gerthilde hätte eine Erholungszeit dringend nötig. Da wäre es nun natürlich das schönste, wir könnten die Kleine zu ihrer Großmutter schicken. Welche Freude würde sie in normalen Verhältnissen auch an dem Kind haben! — Aber daran ist nicht zu denken. Noch immer bleibt sie unzugänglich. Der letzte Brief, den Gerthilde an sie schickte — vor einigen Wochen hat sie es noch einmal gewagt, sie wollte sie an der Freude über unser zu erwartendes Kind teilnehmen lassen — —, kam wieder ungeöffnet zurück. —

Entschuldige, liebe Tante Maria, daß ich dir heute so wenig Erfreuliches mitteilte! Sonst schreibt ja auch gewöhnlich Gerthi, aber heute fühlt sie sich besonders elend, und wir wollten dich nicht so lange auf Antwort warten lassen. —

Trotz allem sind wir aber freudig und unverzagt. Gott, der bisher so treu für uns sorgte, wird uns auch weiterhin nicht zuschanden werden lassen. Auch für die Unterbringung Dorotheas während der Zeit der Abwesenheit meiner Frau wird sich eine Lösung zeigen. —

Behüt' Dich Gott, Tante Maria! Wir alle grüßen Dich herzlich. Dein Bernt.

So, nun hatte Fräulein Liebfrau den Brief zum drittenmal gelesen. — Plötzlich sprang sie auf und griff zum Fahrplan, der in ihrer Schreibtischschublade lag. „Ich hab's!" sagte sie und machte damit ihre Aufwartefrau mehr wie neugierig. Und nach einer Weile: „Ich muß noch heute verreisen, Frau Bertsch. Bereiten Sie bitte alles im Gaststübchen vor! Ich bringe morgen abend Besuch mit für einige Wochen." — Nun wußte Frau Bertsch nicht mehr wie vorher. Aber man würde ja sehen. —

*

Pauline war schwer erkrankt und lag nun schon wochenlang im Krankenhaus. Frau Bornknecht, die ihre Hilfe sehr vermißte, besuchte sie regelmäßig. Sie wußte, was sie dem alten Mädchen, das jahrelang ihrem Hause treue Dienste geleistet hatte, schuldig war. Nein, da ließ sie sich keine Vernachlässigung nachsagen. — Als ihr jedoch die Ärzte den ernsten Zustand der Erkrankung anvertrauten, sah sie sich genötigt, nach einer anderen Hilfskraft Ausschau zu halten. Es war schwer, Hausangestellte zu bekommen. Obgleich Frau Bornknecht es bezweifelte, an ihr eine wirkliche Hilfe zu haben, entschloß sie sich schließlich, ein erst siebzehnjähriges Mädchen zu nehmen, das man ihr sehr empfohlen hatte. Vielleicht war es auch im Unterbewußtsein die Sehnsucht, wieder einmal einen jungen Menschen um sich zu haben, — denn Frau Bornknecht war einsam und litt unter dieser Einsamkeit, selbst, wenn sie es nicht vor sich, geschweige denn vor anderen, zugegeben hätte. —

So kam also Lenchen Kümmel in ihr Haus. Diese schrieb nach einer Woche nach Hause:

Liebe Mutter!

Heute ist mein erster freier Nachmittag. Nun will ich Dir einen ausführlichen Brief schreiben. Du wirst sicher darauf warten. Ich bin jetzt acht Tage hier, und es gefällt mir ganz gut. Natürlich ist es nicht so wie zu Hause, — — aber die Fremde ist immer anders als die Heimat. — Frau Bornknecht ist eine sehr strenge Dame. Aber sie ist gut zu mir. Nur ist es furchtbar still bei uns. — Liebe Zeit, wenn ich daran denke, was für einen Lärm unsere vier Buben daheim vollführen! Wenn es den ganzen Tag so ruhig ist, daß es einem ganz unheimlich zumute wird, dann sehne ich mich oft richtig nach dem Krach unserer Kinder. Hier rennt niemand in den Zimmern herum. Ich selbst wage kaum aufzutreten. Hier lernt man ganz von selbst, auf Zehenspitzen zu gehen. Oft möchte ich mal wieder recht von Herzen fröhlich sein, wie ich es zu Hause immer war. Aber wenn Frau Bornknecht immer so schrecklich ernst ist, schickt es sich doch nicht, daß ich lache. Und sie selbst lacht nie. — Vielleicht kommt es daher, daß sie in Trauer ist. Sie trägt nämlich immer nur schwarze Kleider. Sehr feine sogar. Weißt Du, solche, wie bei uns die Frau Lehrer oder die Frau Pfarrer am Sonntag immer anziehen. Ja, sie ist eine vornehme Frau. Daher spricht sie auch so wenig. Aber sie ist immer sehr höflich. Da kann man direkt von ihr lernen. „Bitte, Helene, bringe das Kaffeegeschirr, — bitte, trage es wieder heraus!" Und furchtbar genau ist sie mit der Ordnung. Liebe Mutter, ich könnte mir nicht vorstellen, daß einer unserer Jungen mit seinen Lehmstiefeln von draußen hereinkommen und auf unseren Teppichen herumtrampeln würde! — Da braucht sie gar nichts sagen, — da guckt sie einen bloß an. — Aber liebe Mutter, das genügt! Da fängt man schon wegen einem Streichhölzchen, das auf dem Boden liegt, an zu zittern. — Auf einem kleinen Tischchen stehen zwei Photographien. Eine von einem vornehmen Herrn, das muß ihr Mann sein, und dann noch ein Kinderbild von zwei Jungen in Matrosenanzügen, und zwischen ihnen ein herziges kleines Mädchen in einem weißen Kleid und langen, blonden Locken. Zwischen den Bildern steht immer ein Väschen mit frischen Blumen. Fräulein Liebfrau, das ist eine Freundin von meiner Dame, die ist sehr nett und kommt scheinbar jede Woche einmal hierher, hat zu mir gesagt, ich solle das Väschen immer mit Blumen füllen. Als ich kürzlich einmal unverhofft ins Zimmer kam, stand Frau Bornknecht vor den Bildern und seufzte. Da tat sie mir leid. Ich fragte sie, ob das ihr Mann und ihre Kinder seien. Da antwortete sie ganz kurz: Sie sind alle tot! Und dann ging sie rasch in ihr

Schlafzimmer, und ich wußte nicht, ob sie mir böse sei, und ob es vielleicht dumm gewesen ist, daß ich sie gefragt habe. —

Natürlich esse ich allein in der Küche. Zu essen bekomme ich genug, aber manchmal denke ich, was das doch für ein Unsinn ist. Da sitzt sie allein vor ihrem Teller, und ich in der Küche, und jede stiert vor sich hin. Wär' es nicht viel besser, wenn wir uns zusammentäten? — Aber ich glaube, ich würde vor lauter Respekt nichts essen können. Denn Respekt muß man sehr vor ihr haben. Liebe Mutter, so ist es doch wohl besser, wir tun uns nicht zusammen. —

Ist es bei euch auch so schönes Wetter? Wenn es nur bei uns im Haus wärmer wäre! Ich friere immer. Wenn ich einkaufen muß, gehe ich immer auf der Sonnenseite der Straße. Es ist eigenartig, in unserer Wohnung ist es mir immer kalt, auch bei schönstem Wetter. Ob es wohl daran liegt, daß es ein so trauriges Haus ist? Aber ich will versuchen, Mutter, zu tun, was Du mir geraten hast. Ich will das Helle, nicht das Dunkle sehen. Ich finde hier nur so wenig davon. Aber vielleicht habe ich noch nicht die rechten Augen dafür. Wenn man erst siebenzehn Jahre alt ist, muß man noch viel lernen.

Liebe Mutter, nun ist es aber ein langer Brief geworden. Jetzt habe ich mir wenigstens alles vom Herzen heruntergeredet. Weißt Du, ich muß mich erst an das Stillschweigen des ganzen Tages gewöhnen. Daheim habe ich ständig wie ein lustiger Vogel um Dich herumgeträllert. Hier trau ich mich nicht, denn Frau Bornknecht spricht nur das Nötigste.

Grüße mir die vier Buben und auch den Vater. Vergeßt mich nicht!

Du aber sei besonders herzlich gegrüßt

von Deinem Lenchen

Eine Wochen später brachte die Putzfrau von Maria Liebfrau ein Brieflein, an Frau Bornknecht gerichtet.

Liebe Johanna!

Warte heute nicht auf mich! Ich kann leider nicht kommen. Seit einigen Tagen habe ich Besuch von dem kleinen Mädchen einer mir bekannten Familie. Die Mutter des Kindes ist verreist, und ich habe mich angeboten, die Kleine während dieser Zeit zu mir zu nehmen. Es ist ein sehr lebhaftes Kind, und ich möchte Dir die Unruhe nicht zumuten. Sobald Dorle wieder abgereist ist, komme ich, wie üblich, regelmäßig wieder zu Dir.

Mit herzlichem Gruß! Deine Maria

Nicht gerade erfreut über diese Nachricht, legte Frau Bornknecht das Brieflein aus der Hand. Sie rechnete jede Woche mit dem Besuch der Freundin und war nun enttäuscht über deren Absage. Nachdem sie kaum noch anderen Umgang pflegte, mochte sie den Verkehr mit Maria Liebfrau nicht missen. — „Was hat sie sich denn nur wieder aufgeladen?“ dachte sie. „Wahrscheinlich eines ihrer vielen Patenkinder! Maria Liebfrau war unverheiratet geblieben, nachdem ihr Verlobter, ein Theologe, plötzlich gestorben war, und schenkte ihre mütterliche Liebe mehr als einem Dutzend Patenkinder, die sie gewissenhaft und liebevoll bedachte. —

„Nun ja“, dachte Frau Bornknecht, „es ist eben ihre Marotte. Aber schließlich hätte sie dieses Kind ja heute nachmittag mitbringen können. Helene, die ja durch ihren Geschwisterkreis gewöhnt ist, mit Kindern umzugehen, hätte es zu sich in die Küche nehmen können.“ — Heute aber würde sie jedenfalls nicht mehr kommen. So wollte sie eben alleine zum Friedhof gehen. Meistens endete der Besuch Marias damit, daß die beiden Frauen gemeinsam die Gräber ihrer Lieben besuchten. — —

Aufrecht, weder rechts noch links blickend, ging Frau Bornknecht in ihrem schwarzen Kleid durch die Straßen. Unnahbar und abweisend wirkte sie in ihrer Strenge. — Sie wollte auch gar nicht angesprochen sein und verschanzte seit Jahren jedes Gefühl hinter dieser Maske. Eine solche war es in der Tat, denn nicht immer sah es in ihrem Innern so aus, wie sie vorgab, zu sein. Schmerzhafte Einsamkeit und brennende Sehnsucht nach einem ihr zugehörigen Menschen verzehrte das stolze Frauenherz oft beinahe. — Aber um keinen Preis hätte sie dieses irgend jemand zugegeben. —

War es Zufall oder Absicht, daß Maria mit der kleinen Dorothea an der Hand am Eingangstor des Friedhofs mit Johanna Bornknecht zusammentraf? —

„Es tut mir leid, daß du heute nachmittag nicht zu mir kamst“, sagte Frau Bornknecht, nachdem sie sich begrüßt hatten. „Und das ist also dein Besuch? Gewiß eines von deinen zwölf Patenkindern.“

Die Kleine streckte der alten Dame zutraulich die Hand entgegen.

„Wie heißt du denn?“ fragte diese.

Maria Liebfrau erschrak. Mußte nun nicht alles offenbar werden? Aber das Kind blickte die strenge Frau vor ihr mit ihren strahlend blauen Augen zutraulich an und erwiderte: „Dorothea — Gottesgabe."

„Wie?" fragte Johanna die Freundin, — „Gottesgabe?"

Erleichtert atmete diese auf und erwiderte: „Dorles Vater oder vielleicht mehr noch der Großvater, bei dem die Kleine oft ist, hat ihr wohl erklärt, daß Dorothea Gottesgabe heißt. — — Aber nun wollen wir zu den Gräbern gehen." Sie griff nach des Kindes Hand. „Nicht wahr, du weißt, daß du hier schön leise sein mußt? Auf dem Friedhof darf man keinen Lärm machen." —

„Warum nicht?" fragte das Kind.

„Weil die Leute, die hierher gehen, meistens traurig sind und nicht gestört sein wollen."

„Seid ihr auch traurig?"

Weder Tante Maria noch Frau Bornknecht beantwortete die Frage. Das Kind in seiner zähen und wißbegierigen Art aber ließ nicht nach.

„Warum sind die Leute traurig?"

„Weil sie an ihre Lieben denken, die gestorben sind und hier in den Gräbern liegen."

Da schallte das Kinderstimmchen aller Traurigkeit zum Trotz über den Friedhof: „Ist ja gar nicht wahr, ist ja gar nicht wahr! Der Großvater hat es gesagt. Und der weiß es gewiß, der hat nämlich das Buch vom lieben Gott. Sie sind ja gar nicht im Grab, der liebe Gott hat doch gesagt: ‚Kommt wieder, Menschenkinder!' Und wenn sie ihn so rufen hören, schlupfen sie schnell aus dem Erdenhaus heraus und gehen zu ihm. Und nur das leere Erdenhaus kommt ins Grab. — Ich will auch nicht in so ein olles dunkles Grabloch. Und der Großvater hat gesagt, ich muß auch nicht. Ich will auch in den Himmel, und gleich, wenn ich den Ruf höre vom lieben Gott, dann flieg' ich zu ihm hinauf. So!" — — Und sie breitete ihre Ärmchen weit aus und drehte sich im Kreise herum, daß ihr buntes Röckchen flog. Und als sie dabei einen Zitronenfalter entdeckte, rannte sie mit einem hellen Jauchzer ihm nach: „O, o, ein Schmetterling! Vielleicht fliegt der auch zum lieben Gott. Schmetterling, Schmetterling! Nimm mich doch mit!" — Erschrocken rief Tante Maria hinter dem Kind her: „Dorle, Dorle!" Aber das Kind hörte nicht, sondern rannte drauf los, quer über ein paar Gräber hinweg. —

Frau Bornknecht schüttelte den Kopf. „Ich muß schon sagen, da hast du dir was Schönes aufgeladen. Da wirst du wohl etliche Überraschungen erleben. Daß aber auch gerade du dir solche Mühe und Arbeit mit einem fremden Kind machen mußt! Sind denn da keine Verwandten, die es hätten während der Abwesenheit der Mutter zu sich nehmen können, eine Tante oder eine Großmutter?"

„Die Großmutter ist tot", erwiderte Maria und erschrak dabei über sich selbst. Was wagte sie da zu sagen? — — Aber vielleicht war es ganz richtig, diesen Weg einzuschlagen; zumal die andere Großmutter wirklich nicht mehr lebte. Und vermochte nicht Gott auch durch ein Kind verschlossene Türen zu öffnen und klaffende Abgründe zu überbrücken? —

Dorothea kam strahlend zurück, beide Hände voller

Blumen, die sie auf den Gräbern gepflückt hatte. „Sieh nur, Tante Maria!“ jauchzte sie. „Wunderschöne Blumen habe ich!“ Eilig zerteilte sie den Strauß in zwei Hälften und reichte die eine Maria Liebfrau, während sie die übrigen ihrer Großmutter hinhielt. „Da, Tante, die kannst du haben!“

Und da geschah es, daß Frau Bornknecht, nachdem sie einen Augenblick zögerte, den strahlenden Kinderaugen nicht widerstehen konnte und das Geschenk — von fremden Gräbern entwendete Blumen — annahm, allerdings nicht, ohne in ermahnend strafender Weise zu der Kleinen zu sprechen. „Nun hast du die armen Blümchen abgerissen, und wir müssen sie ins Wasser stellen, damit sie nicht sterben, aber du solltest doch eigentlich schon wissen, daß man auf fremden Gräbern keine Blumen pflücken darf. Die gehören doch nicht uns.“

„Was sind fremde Gräber?“ wollte Dorle wissen. Tante Maria aber, weiterem Unglück vorbeugend, nahm die Kleine fest bei der Hand und sagte: „Ich sehe, daß du doch noch ein kleines Dummerle bist, das man noch nicht auf den Friedhof nehmen kann. Wir gehen jetzt gleich nach Hause.“

Es folgte ein lebhafter Protest. „Ich bin gar kein Dummerle. Vati sagt immer, ich bin seine große Tochter, und wenn dann unser Brüderlein kommt ...“ Tante Maria mußte sehr energisch eingreifen. „Dorle, du bist jetzt ganz still und hörst mit deinem Geschrei auf!“ Und zu Frau Bornknecht gewandt: „Verzeih, Johanna, ich konnte ja nicht ahnen, daß dieser kleine Wildfang sich hier so unmanierlich benimmt! Du wirst sicher noch zu deinen Gräbern gehen, ich aber ziehe es vor, mit dem Kind einen Spielplatz aufzusuchen oder lieber gleich in meine Wohnung zu gehen."

„Au ja! Spielplatz!" rief Dorle, bereits wieder getröstet, hob das Köpfchen zu Frau Bornknecht, streckte ihr das freie Händchen entgegen und bettelte: „Kommst du auch mit, Tante? Kannst du auch Sandkuchen backen? — Ich kann! Ich schenk' dir dann einen und zeig' dir auch, wie man es macht. Hast du Sandförmchen, Tante Maria? Oder sonst kannst du mir welche kaufen und ein Schäufelchen und ein kleines Sieb und, und ..."

„Still, Dorle, sieh, die Leute wundern sich schon, daß du so laut bist!"

„Sind das auch alles traurige? Der Großvater sagt ..."

Aber Tante Maria wollte jetzt wirklich nichts mehr hören. Nicht wenig jedoch wunderte sie sich, als Frau Bornknecht, anstatt den Weg zu ihren Gräbern einzuschlagen, die Hand des Kindes ergriff und mit ihnen ging.

Am Ausgang des Friedhofs trennten sie sich. „Willst du deinen Besuch bei mir nicht morgen nachholen?" fragte Johanna. „Du kannst die Kleine gerne mitbringen. Sie stört mich nicht."

An Stelle von Tante Maria antwortete bereits wieder Dorle: „O ja, wir kommen! Hast du auch einen Sandkasten und backst mit mir Kuchen?"

„Nein", erwiderte Frau Bornknecht, „das habe ich nicht, aber richtigen, süßen Kuchen kannst du haben."

„Eigentlich mag ich lieber Wurst", sagte Dorothea,

„aber laß man, ich komm' trotzdem, und du kannst mitkommen, Tante Maria."

„Schreckliches Kind!" murmelte diese, aber ein heimliches Lächeln spielte doch um ihren Mund. — — „Johanna, wenn du wüßtest!" dachte sie.

*

Lenchen, Frau Bornknechts kleine Haushalthilfe, lief schon zum drittenmal ans Treppenfenster, um zu sehen, ob der Besuch noch nicht käme. Sie freute sich schrecklich. Zum erstenmal seit ihrem Hiersein. — Ein Kind, ein kleines Mädchen würde kommen, und sie durfte auf es aufpassen und mit ihm spielen.

„Decke für dich und das Kind in der Küche den Kaffeetisch, Helene!" hatte Frau Bornknecht gesagt. „Nimm aber kein gutes Geschirr, ich könnte mir denken, daß dieser kleine Wildfang Scherben macht. Und besinne dich, was du mit ihr spielst! Wir, Fräulein Liebfrau und ich, möchten ein Stündchen ungestört sein. Ich nehme an, daß du Übung darin hast, mit kleinen Kindern umzugehen." — Und nun war Lenchen in fieberhafter Erwartung. Natürlich hatte sie Übung. Nicht umsonst hatte sie vier Brüder. — Ach, es würde zu schön werden und war wenigstens einmal eine Abwechslung im ewigen Einerlei ihres grauen Alltags!

„Du hast natürlich dafür zu sorgen, daß das Kind nicht zu viel Lärm macht", hatte Frau Bornknecht außerdem gesagt. „Die Kleine ist sehr lebhaft." Nun, sie würde sich alle Mühe geben. —

Und dann kam Fräulein Liebfrau mit der Kleinen. Schon unten im Treppenhaus rief sie mit lauter Stimme: „Tante, ich habe dir Blumen mitgebracht! Aber die sind nicht von den fremden Gräbern, wo die traurigen Leute sind. Die haben wir gekauft. Die sind teuer."

„Aber Dorle!" tadelte Tante Maria, „du mußt doch mindestens zuerst einmal ‚guten Tag' sagen!"

„Putze deine Schuhe ab!" ermahnte Frau Bornknecht.

„Die sind kein bißchen dreckig", sagte die Kleine und tat es erst, als Fräulein Liebfrau sie noch einmal dazu aufforderte.

Gleich darauf saßen die beiden Freundinnen in Johannas großem, aber unpersönlich wirkendem Wohnzimmer am Kaffeetisch.

Es dauerte aber keine Viertelstunde, als Dorotheas Stimme ziemlich erregt tönend an ihr Ohr drang und ebenso Lenchens ängstliches Beschwichtigen.

„Was stellt das kleine Ding nur wieder an?" fragte Maria, die Freundin besorgt ansehend. „Sie kommt auf die unglaublichsten Einfälle, und man ist keine Minute vor irgendeiner Überraschung sicher." Sie wollte sich erheben, um danach zu sehen. Johanna legte die Hand auf ihren Arm. „Bleib' nur sitzen, Helene wird schon mit ihr fertig werden. Sie hat den Auftrag, mit ihr zu spielen; und wenn sie sonst schon nicht viel leistet, so wird sie dieses doch wohl verstehen. Sie kommt ja aus einem kinderreichen Haus." —

Aber Lenchen schien mit dem eigenwilligen kleinen Ding scheinbar doch nicht fertig zu werden. Denn gleich darauf polterte es an der Türe. „Aufmachen!" schrie

Dorle. Und als nicht sofort darauf reagiert wurde, aufgebracht und empört:

„Aufmachen, ich hab' doch beide Hände voll!" Frau Bornknecht erhob sich und öffnete. „Du kleine Ungeduld, was fällt dir eigentlich ein, hier so einen Ton anzuschlagen?"

Dorothea stand vor der Türe, in einer Hand ihren Teller mit dem Kuchen, in der anderen Hand ihre Tasse. „Ich kann doch nicht aufmachen, wenn ich alles selber 'reintragen muß!"

„Aber du sollst doch mit Helene draußen essen in der Küche!"

„Nein, ich will bei euch sein. Zu Hause muß ich auch nicht in der Küche essen. Und Helene soll auch hereinkommen."

Ärgerlich ging Frau Bornknecht hinaus. „Ich habe dir doch gesagt, du sollest mit dem Kind in der Küche Kaffee trinken und dann mit ihm spielen", herrschte sie das in größter Verlegenheit vor ihr stehende junge Mädchen an. „Bist du nicht einmal dazu imstande?"

„Die Kleine gehorcht mir doch nicht", wagte Lenchen sich zu verteidigen, „die ist ganz anders wie unsere Buben", und plötzlich brach sie in Tränen aus. Vielleicht war es Heimweh, das beim Nennen der Brüder über sie hereinbrach, vielleicht Furcht vor der Strenge ihrer Frau. Jedenfalls schluchzte sie herzzerbrechend. Kopfschüttelnd ging Frau Bornknecht zurück ins Wohnzimmer. „Ich muß schon sagen, dieses Kind stellt mir den ganzen Haushalt auf den Kopf."

In großer Verlegenheit wollte Fräulein Liebfrau sofort aufbrechen. „Es tut mir wirklich leid, Johanna, ich glaube, es ist doch besser, wenn ich mit Dorle gleich wieder gehe. Ich befürchtete ja, daß dir das Kind zuviel Unruhe ins Haus bringt.“ Aber schon schaltete sich Dorle, die ihre Tasse, sowie den Kuchen bereits auf dem Tisch untergebracht hatte, wieder ein. „Ach nein, Tante Maria, wir bleiben lieber hier. Es ist so schön hier. Und nicht wahr, Tante, die Helene darf jetzt auch hereinkommen? Sonst ist sie ganz allein, und dann wird sie traurig, wie die Leute auf den fremden Gräbern.“ Da stand sie nun vor ihrer Großmutter, hatte die Arme um deren Knie gelegt und blickte bittend zu ihr empor. „Nicht wahr, du läßt die arme Helene hereinkommen?“

Was war es, daß Frau Bornknecht das Kind eine Weile schweigend anblickte, daß sie einen tiefen Seufzer ausstieß und sich dann hastig abwandte? „Gut denn, so sollst du kleiner Quälgeist deinen Willen haben. Geh, sag' der Helene, daß sie heute ausnahmsweise einmal mit uns hier im Wohnzimmer Kaffee trinken darf!“

Dorle rannte hinaus: „Helene, komm schnell, die Tante hat gesagt, daß du mit uns ausnahmsweise Kaffee trinken darfst. Was ist ausnahmsweise?“

Mit hochrotem Kopf und verweinten Augen trug Lenchen ihre Kaffeetasse herein, saß vor lauter Verlegenheit nur auf dem äußersten Eckchen ihres Stuhles und dachte nur immerfort: „Wär' ich doch wieder in meiner Küche!“ —

Unaufhörlich schwätzte Dorothea: „Au fein, da ist ja ein Klavier. Da wollen wir gleich einmal was spielen und singen, wenn wir mit Kaffeetrinken fertig sind. —

Tante, warum hast du so zugezogene Gardinen? Da kommt ja nicht die liebe Sonne 'rein!"

„Dorothea, kleine Mädchen sprechen nicht bei Tisch!" ermahnte Tante Maria.

„Dürfen kleine Buben?"

„Nein, Kinder sind überhaupt still und warten bescheiden, bis sie gefragt werden."

„Warum müssen sie warten?"

„Hat deine Mutti dir noch nie gesagt, daß du zu laut bist bei Tisch?"

„Doch, ich vergesse es nur immer wieder. Aber wenn ich groß bin und in die Schule gehe, lern' ich es sicher. In der Schule lernt man alles." —

Eine kleine Weile bemühte sich der Plappermund, zu schweigen. Dann ging es wieder los. „Tante, was ist das für ein Bild dort drüben?"

Maria Liebfrau erschrak. „Dorle, du wolltest jetzt doch still sein!"

Zwei Minuten später: „Es sind zwei Jungen und ein Mädchen. Sind das deine Kinder, Tante?"

Frau Bornknecht nickte.

„Wo sind sie jetzt? Kann ich nicht mit ihnen spielen?" Und als die Großmutter nicht antwortete, noch einmal: „Wo sind sie jetzt?"

Frau Bornknecht trommelte in sichtlicher Erregung mit den Fingern auf der Tischplatte, und dann tönte es laut und deutlich durch den Raum: „Sie sind tot!" — —

Heiße Röte färbte Marias Gesicht. War es möglich, daß sie vor diesen Kinderaugen, die so vertrauend zu ihr aufblickten, log? — Ach, vielleicht hätte sie Dorothea doch nicht in das Haus ihrer Großmutter bringen sollen! — — Wenn man nur immer wüßte, was das Rechte ist! — —

Aber Dorle blieb nicht lange bei der ihr gegebenen Antwort stehen. „Schade!“ sagte sie, und nach einer Weile: „Aber dann sind sie ja beim lieben Gott, und dort ist es auch ganz schön. — Aber jetzt woll'n wir ein bißchen singen und Klavier spielen! Ich kann schon mit einem Finger: Fuchs, du hast die Gans gestohlen . . .“ Und schon war das kleine Ding von ihrem Stuhl heruntergerutscht, stand bereits vor dem Instrument und hob dessen Deckel. Jetzt aber sprang Tante Maria auf. Sie wußte, daß seit Jahr und Tag niemand mehr auf dem Klavier gespielt hatte. Johanna, die selbst sehr gut spielte, behauptete, sie könne keine Musik mehr ertragen. — Ein Blick herüber zu ihr bewies auch zu deutlich, wie es in ihrem Innern aussah. Die Lippen fest zusammengepreßt, bleich vor Erregung, blickte sie auf das Kind, das so selbstverständlich vor ihrem Klavier Platz nahm und ganz gewiß mit seinem hellen Stimmchen gleich ihr Haus füllen würde. — „O Gott, — ganz wie einst . . .“ Marias energische Stimme riß sie aus ihrem Sinnen. „Dorothea, wir gehen jetzt nach Hause. Wir können Frau Bornknecht nicht noch mehr Unruhe zumuten.“ Der heftige Protest des Kindes nützte nichts. Fräulein Liebfrau blieb bei ihrem Entschluß. Vielleicht befürchtete sie auch, vorzeitig die Stunde des Erkennens heraufzubeschwören, denn daß diese kommen mußte, das war ihr klar, seitdem das Kind der Großmutter begegnet war. Aber irgendwie fürchtete sie diese. —

Frau Bornknecht hinderte die Freundin nicht am Aufbruch. Eine ihr bisher unbekannte Unruhe war über ihr Herz gekommen. Mit Befremden stellte sie es fest. — Aber vielleicht war es wirklich die Unruhe, die das Kind ihr ins Haus gebracht hatte. — Nein, sie ertrug solches nicht mehr. Mochte Maria wiederkommen, wenn sie die Kleine erst wieder bei ihren Leuten abgeliefert hatte!

Heulend verließ Dorle das Haus. „Die Helene hat gesagt, sie spielt noch mit mir, und ein Stück Kuchen hätt' ich auch noch gegessen, und, und so ein kleiner Besuch ist gar kein Besuch." — — Aber es half alles nichts, Tante Marias energischer Griff ließ unzweideutig erkennen, daß sie gar keinen Versuch zu unternehmen brauchte, sich loszureißen. — — Ach, wie schwer war es doch, mit großen Leuten umzugehen! — Aber wenn erst ihr Brüderlein da sein würde ...

Frau Bornknecht sagte zu ihrem Mädchen: „Helene, bitte, räume den Tisch ab! Und im übrigen bleibt natürlich alles beim alten. Du ißt in der Küche." — „Ein Glück!" dachte Lenchen und hob fröstelnd die Schultern.

*

Nein, Ausflügler oder Ferienreisende konnten das nicht sein, die da in dem großen gelben Autobus durch sommerreiche Felder und Wiesen fuhren, die breite Landstraße hinauf auf die bewaldeten Hügel und wieder hinunter ins Tal durch schmucke Dörfer bis in den lieblichen Badeort an der Fils. Wohl blickten sie hinaus in die landschaftliche Schönheit, und in den Augen einer oder der anderen Frau leuchtete für einen kurzen Augenblick ein Schein der Freude auf beim Wahrnehmen der sattgrünen Wiesen, durch die blumengesäumte Bächlein eilten, beim Anblick weidender Schafherden oder spielender Kinder. — Aber vielleicht waren gerade die letzteren die Ursache, daß der sorgenvolle Ausdruck auf den Gesichtern dieser Frauen nur noch stärker hervortrat und ein Seufzer ihre Brust hob. — — Zurück zu den eigenen Kindern eilten die Gedanken dieser Frauen. Wo waren sie jetzt? Was taten sie gerade? Wurden sie recht versorgt? Wie würde es überhaupt in den kommenden Wochen zu Hause gehen? Wäre es nicht doch besser gewesen, sie wären daheim geblieben? Was würde man bei seiner Rückkehr antreffen? Ach, man würde die Unruhe nicht los werden! Aus diesem Grunde würde man sich auch nicht recht erholen können. — Ob es nicht richtiger war, gleich morgen, spätestens aber in wenigen Tagen wieder abzureisen, damit die Kinder oder Männer ihre Ordnung hätten!

Der Autobus hielt vor einem langgestreckten weißen Haus, vor dem in einer gepflegten Gartenanlage leuchtende Blumen, Rosen, Rittersporn, Mohn und andere Blumen Willkomm boten. Auf der Eingangstreppe stand die Heimleiterin, Frau Sonnheld, um die Ankommenden zu begrüßen. In freundlichem Ernst blickte sie ihnen entgegen, und schon jetzt fühlte sie eine Welle von Liebe und Erbarmen in sich aufsteigen für die müden, abgekämpften Mütter, die ihr wieder für einige Wochen anvertraut wurden. —

Junge Mädchen in weißen Schürzen, die Haustöchter des Heimes, eilten, um die Koffer der Gäste in Empfang zu nehmen und ins Haus zu tragen. Die Wirtschaftsleiterin trat nun auch aus dem Haus. Sie hatte eben noch in der Küche nach dem Rechten sehen müssen. Die Frauen mußten gleich einen Begrüßungskaffee haben.

„Wie immer!“ sagte sie zu der Heimleiterin, als die Schar der Gäste sich dem Hause näherte. „Ja, wie immer!“ erwiderte diese, „müde, ängstlich, zum Teil sehr skeptisch oder gar mißtrauisch. Aber es wird dann auch bei ihrer Abreise wie immer sein. — — Doch sehen Sie nur die kleine Frau, die ist ja totenbleich. Schnell, sie scheint einer Ohnmacht nahe!“ Und schon hatten sie die Wankende zwischen sich genommen und führten sie ins Haus, wo sie gleich auf ein Ruhebett gelegt wurde. Dann gingen sie, um all die anderen zu begrüßen. Gleich darauf saßen die vierzig Frauen in dem großen, hellen Speisesaal vor festlich gedeckten Tischen.

„Wie schön! Wie festlich! Und diese Blumenpracht!“ Ein Aufatmen füllte den Raum. „Hier mußte es sich gut ausruhen lassen! Wenn nur daheim die Kinder ...“

Nun sprach die Heimleiterin: „Willkommen, liebe Frauen und Mütter! Von Herzen wünschen wir, daß Sie sich wohlfühlen in unserem Hause. Wir wissen, welch großem Bedürfnis dieses Haus entspricht. Es wurde erstellt, damit müde, abgekämpfte, abgesorgte, an Leib und Seele erholungsbedürftige Mütter hier ausruhen könnten. —

Wir wissen, Sie kommen aus dem Lärm, der Unruhe Ihres Alltags. Sorgen und Nöte füllen ihn aus, ein Übermaß von Arbeit, und die Kräfte wollen schon lange nicht mehr ausreichen. Mehr aber noch als die körperlichen Beschwerden sind die der Seele. Viele von Ihnen haben unsagbar Schweres durchgemacht, Kriegs- und Fluchterleben haben tiefe Furchen in ihre Angesichter gegraben. Etliche von Ihnen haben die Heimat, Haus und Hof, eine Anzahl von Ihnen den Mann, den Vater ihrer Kinder, verloren. Wir wissen von Ihrem Leid, aber Gott weiß noch viel mehr davon. In seinem Auftrag wurde dieses Haus eröffnet. Wir, die wir hier Aufgaben für ihn und an Ihnen zu erfüllen haben, wollen alles tun, was in unserer Kraft steht, um Ihnen eine Zeit der Freude, der Erholung und der Ermutigung zu gestalten."

Einige der Frauen weinten still vor sich hin. Andere blickten die Heimleiterin in staunendem Fragen an, so, als wollten sie sagen: „Ja, gibt es denn in Wirklichkeit so etwas? — Für uns, die wir nichts als Arbeiten, Hetzen und Gehetztwerden vom frühen Morgen bis zum späten Abend kennen?"

Frau Sonnheld fuhr fort: „Vor allem sollen Sie wissen, daß Sie in einem Hause sind, wo man Zeit hat! Nicht wahr, das ist immer unsere Not, daß wir keine Zeit haben? Keine Zeit für die Kinder, keine Zeit für uns, und was das allerschlimmste ist: keine Zeit für Gott. — Hier *haben* wir Zeit. Hier *nehmen* wir uns Zeit, weil wir erkannt haben, daß sie eine Gabe Gottes ist. Sie sind hier in keinem Kurhaus und in keiner Pension, sondern in einem Heim. Unser Haus soll Ihnen wirklich für die Wochen Ihres Hierseins ein Stücklein Heimat werden.

Wir wissen, für viele von Ihnen heißt es, sich jetzt erst einmal umzustellen. Sie kommen aus dem Lärm in die Stille. Es kann gut sein, daß Sie sich in den ersten Tagen ganz seltsam vorkommen, wenn die sonst nimmermüden Hände ruhen, wenn Sie sich an einen gedeckten Tisch setzen, ohne daß Sie vorher gekocht und vorgesorgt haben. Ihre Gedanken werden, wie von Magneten gezogen, zuerst unaufhörlich nach Hause eilen, voller Sorge um Ihre Lieben, und Sie werden überzeugt sein, daß alles ohne Sie schief geht. Wir Mütter meinen ja immer, daß es ohne uns gar nicht geht, und daß wir unabkömmlich sind."

Sie sagt „wir", dachten die Frauen. Demnach weiß sie um unsere Nöte. „Aber es muß jetzt einfach mal ohne Sie gehen, und Ihre Lieben wissen genau, wie nötig Sie ausspannen müssen, selbst, wenn Sie es nie ausgesprochen hätten. — Gewiß sind viele von Ihnen da, die überhaupt noch nie Urlaub gehabt. Wollen sich gerade diese einmal melden?" Zwei Drittel aller Frauen hoben die Hand.

„Ich dachte es mir. Und Ihnen allen sieht man es an, daß Sie müde, müde, müde sind. Darum will ich jetzt auch nicht länger auf Sie einreden. Der Duft des Kaffees dringt aus der Küche herauf. Nachher werden wir Sie in Ihre Zimmer führen, denn Sie sind der Ruhe bedürftig." —

*

Gerthilde Walter lag noch lange wach. Wie recht hatte die Heimleiterin gehabt in allem, was sie sagte! Es war gar nicht einfach, sich daran zu gewöhnen, daß man jetzt wirklich einmal einige Wochen ausruhen, sich wirklich ganz selbst gehören sollte. Und wie konnte es anders sein, als daß die Gedanken unablässig zu denen daheim eilten! Was mochte Dorle, dieses kleine Quecksilber, machen? Ob es nicht doch zu viel war, was Tante Maria sich mit ihr aufgeladen hatte? Und Bernt, ob er auch richtig versorgt wurde?

Bernt, wenn du wüßtest, wie ich mich schon jetzt nach dir sehne! Es ist die erste Trennung seit unserer Verheiratung, und ich werde die Tage zählen, bis ich wieder bei dir bin! Ich sorge mich um dich, daß du weit über deine Kräfte arbeiten wirst, wenn ich nicht da bin. Und dein Vater! Er gefiel mir gar nicht recht, als ich abreiste, und ich wäre um seinetwillen schon lieber zu Hause geblieben. Hoffentlich stößt ihm nichts zu in meiner Abwesenheit! Der gute, gute Vater! Welch ein leuchtendes Vorbild ist er uns in seinem inneren Gleichmaß und seiner Geduld bei seiner schweren Krankheit! — — Ihre Gedanken gingen weiter ... Und wenn dann erst unser Kleines da ist! Natürlich wünschen wir uns alle einen Buben, aber ein Schwesterchen wird ebenso willkommen sein. — — Nun schloß sich der enge Kreis im Gedanken an die Mutter. — Ach, da war sie wieder, die schwere Last, die dunkle Wolke, die wie ein böser Alpdruck auf allem Erleben der letzten Jahre lag! Die Unversöhnlichkeit der Mutter! — Ob sie denn nicht ahnte, daß sie, die Tochter, ihr noch einzig verbliebenes Kind, sich nach ihr sehnte? Mußte sie nicht mit der Möglichkeit rechnen, daß auch sie in ihrer Ehe Muttererwartungen, Freuden und Leiden durchlebte? Und kam ihr nie der Gedanke, daß sie in solchen Zeiten das Mitgehen und Verstehen der eigenen Mutter herbeisehnte? — — Über das Gesicht der jungen Frau liefen Tränen. Sie versuchte ein hörbares Schluchzen zu unterdrücken. Unter keinen Umständen durfte ihre Zimmerkameradin durch sie gestört werden! Sie hatte so bleich und angegriffen ausgesehen. Vermutlich war sie im gleichen Alter wie sie. Jetzt hörte sie diese leise seufzen.

„Schlafen Sie auch noch nicht?" fragte Gerthilde.

„Nein, aber ich liege meistens lange wach."

„Sie denken gewiß auch an Ihre Lieben daheim."

„Ich habe keinen Menschen mehr, der zu mir gehört."

Ein großes Schweigen füllte daraufhin den Raum. — Gerthilde vermochte kein Wort zu erwidern. — — „Ich habe keinen Menschen." Arme, arme Frau! So niedergedrückt Gerthilde auch manchesmal war, so sehr sie nun seit Jahren unter dem klaffenden Riß, der sich zwischen ihr und der Mutter aufgetan hatte, litt: an diesem ersten Abend ihres Hierseins empfand sie es nun bereits, wie reich, wie unermeßlich reich sie war. Und ein erbarmendes Mitleid zu ihrer Zimmerkameradin erfüllte ihr Herz. Zuerst war sie ein wenig enttäuscht gewesen, daß sie kein Einzelzimmer bekommen hatte. Es lag ihr nichts daran, hier im Heim neue Bekanntschaften zu machen. Sie sehnte sich nach Ruhe, und sonst brauchte sie nichts. Mit ihren Lieben zu Hause, mit Bernt, seinem Vater und ihrem Töchterlein fühlte sie sich so verbunden, daß sie keine weiteren Bedürfnisse hatte. — — Übrigens schienen die meisten Frauen sich ein Einzelzimmer gewünscht zu haben. Aber Frau Sonnheld hatte in liebenswürdiger Selbstverständlichkeit die Zimmer zugewiesen, daß man sich einfach fügte und sich geschämt hätte, Sonderwünsche zu äußern. Nur eine der Frauen, eine kleine, rundliche mit scheinbar großer Redebegabung hatte darauf bestanden:

„Erstens bin ich gewöhnt, die ganze Nacht das Fenster offen zu haben, und kann es nicht brauchen, mit jemand in einem Zimmer zusammen zu schlafen, der das nicht erträgt, zweitens schnarche ich sehr laut, und dann rede ich im Traum. Und außerdem liege ich oft lange schlaflos und singe dann leise vor mich hin, gewissermaßen, um mich selbst in Schlaf zu singen." Ein Lächeln war über die Gesichter der anderen gehuscht. Es war aber auch zu nett, sich das vorzustellen. Die kleine Dicke bekam dann auch ihr Einzelzimmer, denn es gelüstete niemand, mit ihr den Raum zu teilen, nachdem sie ihre Eigenarten bekanntgegeben hatte. —

Die Zimmer des Hauses waren nicht etwa durch Nummern gekennzeichnet, sondern trugen reizend bemalte Schildchen mit den verschiedensten Aufschriften: Sonnenblume, Waldquelle, Talwiese, Glockenblume, Morgensonne usw. Frau Gerthilde lag im Zimmer Waldkapelle. Wie nett das war! Gleich morgen wollte sie ihrem Mann einen Brief schreiben und ihm davon erzählen. Und das eine wußte sie ebenfalls schon jetzt: daß sie diese einsame Frau, die da in dem Bett an der gegenüberliegenden Wand vielleicht noch lange schlaflos lag, mit schwesterlicher Liebe umgeben wollte, so daß sie wenigstens hier nicht klagen mußte: „Ich habe keinen Menschen." Mit diesem Gedanken, der in ihrem Inneren wohltuende Ruhe hinterließ, schlief Frau Gerthilde endlich ein. —

*

Brütende Hitze lag über der Stadt. Sie lastete fast unerträglich über Menschen und Tieren. Selbst Lenchen Kümmel fror heute nicht in dem sonst immer kalten Hause. Aber irgend ein Bangen lag über ihr. Ob heute wieder so ein schweres Gewitter kam, wie neulich, wo es am hellichten Tag plötzlich nachtdunkel geworden war! O, wie hatte sie sich gefürchtet! Überhaupt wurde sie die Angst nicht mehr los. Das Haus kam ihr beinahe unheimlich vor, noch unheimlicher die Besitzerin in demselben. Frau Bornknecht wurde immer schweigsamer, immer unzugänglicher. Ein so junges Kind mußte ja in ihrer Nähe verkümmern. Helene hatte heute morgen einen Brief von ihrer Mutter bekommen. Nachdem sie mit dem allmittäglichen Abwaschen und der Küche fertig geworden war, hatte sie sich erlaubt, ihn zu öffnen und zu lesen. Sie konnte es nicht verhindern, daß ein paar Tränen darauf fielen. Mutter, wenn du wüßtest, wie ich mich nach dir und unserem einfachen Leben, nach den lauten Buben und dem stillen Vater sehne! Wohl seid ihr arm, aber reich, sehr reich im Vergleich zu der einsamen und verbitterten Frau in diesem Hause. Noch während sie las, hatte sie Schritte vernommen. Frau Bornknecht kam. Schnell hatte sie den Brief in ihre Schürzentasche geschoben. Sie hätte nicht gewagt, in ihrer Gegenwart während der Arbeitszeit zu lesen. Wie gut, daß Frau Bornknecht sie in den Garten schickte! „Helene, es ist Unkraut zu jäten!“ Wohl brannte die Sonne glutheiß auf sie nieder. Aber irgendwie atmete sie hier draußen freier. Und all das Leben und Weben da draußen, das Summen der Bienen, der Duft der Blumen, das emsige Tun der Insekten zwischen den Halmen der Wiese bedeutete ihr ein Stück Heimat, erinnerte sie an zu Hause und war ihr ein Beweis, daß außerhalb der lähmenden Starre ihres Hauses noch pulsierendes Leben herrschte, Wachsen, Werden und Gedeihen! — Die Arme hatte sie ausgestreckt und tief aufgeatmet. Und dann hatte sie es doch gewagt und sich mit ihrem Brief unter die tief herabhängenden Zweige der Trauerweide gesetzt, um ihn dort noch einmal zu lesen.

Liebes Lenchen!

Als Vater und ich Deinen letzten Brief bekommen und gelesen hatten, war unser erster Gedanke, Dir zu schreiben, Du sollest am nächsten Ersten kündigen. Wenn es gar nicht anders wird, Deine Frau kein freundliches, mütterliches Wort für Dich findet und Du immer den Eindruck haben mußt, du arbeitest nicht zu ihrer Zufriedenheit, dann sei es schließlich doch besser, Du kämest wieder nach Hause, besonders jetzt, wo ich Dich im Garten und auf unseren zwei kleinen Äckern so gut brauchen könnte. Auch fühle ich mich in letzter Zeit gar nicht so wohl, also ich wäre an meiner großen Tochter oft recht froh. — Ich weiß, mein Kind, daß Dein Herz in diesem Augenblick, da Du dieses liest, einen Freudensprung macht und Du denkst: O ja, nach Hause, nur nach Hause! Und unser kleines, schiefes Häuschen mit den winzigen Stübchen, unsere unruhigen, ja manchmal recht bösen Buben, unser sehr einfaches Essen, Mühe und Arbeit, die unsere Tage füllen, all dieses siehst Du in einem verklärten Licht und findest es viel angenehmer und erträglicher, als dort bei der Frau Sanitätsrat auszuhalten. — Und doch muß ich Dir sagen, Vater und ich haben uns zu dem Entschluß durchgerungen, Dir zu schreiben: Bleibe dort! Überwinde Dich, wenn es Dich auch hart ankommt! — Sieh, Lenchen, der leichtere Weg ist längst nicht immer der richtige. Es wäre auch für uns einfacher und leichter, zu sagen: Komme sofort nach Hause! Aber ob wir Dir für Deine Zukunft damit einen Dienst erweisen? — Ich glaube nicht. Sieh, darum schrieb ich Dir: Wir haben uns zu diesem Entschluß durchgerungen. Es fällt uns schwer, Dich dort zu lassen, wo Du nicht glücklich bist, wo Du mitten in der Sonne frierst, weil Du von keiner mütterlichen Liebe umgeben bist. Aber wir haben eine Nacht darüber geschlafen, oder vielleicht ist es besser zu sagen, stundenlang deswegen wach gelegen, denn wir wollen doch unsrer Kinder Bestes. Und Vater war am anderen Morgen der gleichen Meinung wie ich. Du solltest durchhalten und nicht davonlaufen, weil es schwer ist, zu bleiben. Sieh, es wird noch oft im Leben etwas über Dich hereinbrechen, daß Du am liebsten auf und davon möchtest. Vielleicht schon in Deiner nächsten Stelle, oder später, wenn Du Dich verheiratest. Glaube mir, meine Tochter, das war auch so in unserer Ehe, obgleich wir sie eine glückliche nennen können. Du weißt, Vater und ich verstehen uns gut. Aber da kommen im Leben oft unvorhergesehene Dinge, mit denen man nicht rechnet: Krankheit, wirtschaftliche Sorgen, Ärger mit Nachbarn oder Verwandten, Enttäuschungen oft mit den eigenen Kindern, — ach Lenchen, da möchte man einfach auf und davon. Und doch heißt es: Aushalten! Von vorne anfangen! Standhaft bleiben! —

Sieh, damit es Dir später einmal nicht so schwer fällt, sind Vater und ich dafür, daß Du bei Frau Bornknecht bleibst, mindestens ein Jahr lang. Gewiß kannst Du bei ihr manches lernen. Gib Dir Mühe, sei willig, fleißig und gewissenhaft! Vielleicht hat sie auch Schweres erlebt, daß sie so bitter und verschlossen geworden ist. Nimm Dir vor, sie jeden Tag mindestens einmal durch irgend eine Tat oder ein Wort zu erfreuen, ganz gleich, ob sie Dir daraufhin in Freundlichkeit oder in Kälte begegnet! — Und noch eins, Lenchen, vergiß es nicht, daß es kein Kleines ist, wenn Deine Frau den Mann und alle drei Kinder durch den Tod verloren hat! Da mußt Du Dich nicht wundern, wenn ihr das Leid den Mund verschlossen hat. Wenn am Lebenswege eines Menschen nur noch Gräber liegen, dann wird er herb, es sei denn, er wisse von der lebendigen Hoffnung des ewigen Lebens. Da Du mir schreibst, daß Deine Frau, wenn auch nicht regelmäßig, so doch des öfteren zur Kirche geht, müßte man ja annehmen, daß sie davon weiß, — aber darüber wird sie wohl nicht mit Dir sprechen. Obgleich es mich oft erschüttert, wenn ich daran denke, daß wir Menschen für alle möglichen und unmöglichen Dinge Worte finden und uns ängstlich hüten, so, als müßten wir uns dessen schämen, über die wichtigsten Dinge zu reden. —

Ob Du die Frau Sanitätsrat jeden Tag in Dein Abend- und Morgengebet einschließt? Schau, Kind, auch da versündigen wir uns oft. Wir kritisieren die Menschen, wir sehen ihre Fehler und stoßen uns an diesen, wir ziehen uns von ihnen zurück, aber das, was das Wichtigste ist und wodurch wir ihnen am meisten dienen und helfen könnten, das unterlassen wir vielfach, die Fürbitte. Prüfe Dich, ob Du da nicht an Deiner Frau schuldig geworden bist! Als Vater und ich durch Deinen letzten Brief beunruhigt waren und nicht wußten, was wir Dir am besten raten sollten und schlaflos in unserer Stube lagen, sagte Vater mitten in der Nacht plötzlich: Komm, laß uns noch einmal für unser Lenchen beten, daß es die rechte Weisung bekommt und wir ihm recht raten können! Und dann tat er, was er in den zwanzig Jahren unserer Ehe so oft getan hat: er faltete seine Hände über den meinen und betete laut mit mir um Weisheit und Führung. Und zum Schluß beteten wir beide auch in Gedanken an Dich und Frau Bornknecht das Vaterunser miteinander. — — So, Kind, mußt Du es auch machen. Wenn Du in Deinem Dachstübchen liegst, dann falte die Hände auch für diese einsame Frau, und Du wirst sehen, Euer gegenseitiges Verhältnis wird sich bessern. — — Das Gebet ist die stärkste Macht.

Nun habe ich Dir aber einen langen Brief geschrieben. Ich glaube, es ist der längste in meinem Leben. Aber es war mir so ein Anliegen, Dir zu sagen, wie es mir ums Herz ist. Und heute ist Sonntagnachmittag, wo ich Zeit habe! Der Vater ist mit den vier Buben zum Kinderfest gegangen. Aber Hansi ist schon vor einer halben Stunde ganz allein zurückgekommen. Und als ich ihn fragte, warum er nicht bei den anderen geblieben sei, sagte er mit einer wegwerfenden Handbewegung: ‚So 'ne Menge

Menschen!' Und dann setzte er sich hinter seinen Tierschutzkalender. Ich meine, er müsse ihn bald auswendig können, so oft liest er darin. Er kommt immer mehr auf den Vater heraus, still und besinnlich. Ich wünschte, die drei anderen hätten etwas mehr davon. Wie groß seine Tierliebe ist, weißt Du ja. Manchesmal geht er mir damit auf die Nerven. Frösche, Käfer, Eidechsen, Blindschleichen, weiße Mäuse, eines von diesen Viechern, manchesmal auch verschiedene von ihnen zu gleicher Zeit, trägt er immer mit sich herum, oft sogar in seinen Hosentaschen. Und manchmal kommt es vor, daß die dann gerade, wenn wir beim Essen sitzen, die Freiheit suchen und über den Küchentisch kriechen, hopsen oder schleichen. Das gibt dann oft ein Getöse und Geschrei bei allen Vieren, daß man ganz energisch dazwischenfahren muß. Die drei anderen genießen natürlich sehr das Kinderfest mit dem Festzug und Karussell. Zweimal darf jeder fahren, und an der Wurststange hochklettern dürfen sie auch einmal. Du kennst ja den Betrieb, der jedes Jahr derselbe ist und doch immer aufs neue das Herz unserer Jungen höher schlagen läßt. Du sollst aber bei dieser Schilderung nicht erneut Heimweh bekommen. — Sei tapfer, mein Mädchen, und denke an unser Wegschild an der Bahnüberführung. Da steht drauf: Halt! Stehen bleiben! Umschauen! Weitergehen! — So wollen wir es auch machen. Nichts überstürzen, nicht in Aufregung und nicht unüberlegt Entscheidungen treffen, sondern immer einmal wieder stehen bleiben, nach innen horchen, nach oben schauen, und dann erst weitergehen und handeln.

Behüt Dich Gott, mein liebes Kind! Wir alle denken an Dich in treuer Liebe und inniger Verbundenheit, besonders aber

Deine Mutter.

Erschrocken fuhr Lenchen hoch. Wie lange hatte sie wohl schon über ihrem Brief, oder besser gesagt, über Mutters Brief gesessen? Etliche Tränen waren darauf gefallen, und Mutter hatte ganz recht geahnt: am liebsten wäre sie aufgesprungenn und hätte ihren Koffer gepackt, um nach Hause, nur nach Hause zu fahren. Das heimatliche Dorf, das alte, liebe Häuschen mit seinen grünen Fensterläden, den roten Geranien hinter den Scheiben und dem Kastanienbaum vor der Türe, an den sich die alte Bank lehnte, auf der man miteinander den Feierabend zubrachte — das alles war wie in ein strahlendes Licht getaucht. O Mutter, Vater, ja, ich komme!

Aber sie sollte ja bleiben, aushalten, weiter frieren und sich so unsagbar allein fühlen. — O Mutter, wenn du wüßtest, wie schwer das alles ist! — Und nun soll ich auch noch besonders freundlich sein zu der Frau, die mir kein gutes Wort gönnt — und gar noch für sie beten! — — Nein, das hatte sie bisher noch nicht getan! — — Es mochte ja sein, daß Frau Bornknecht Schweres erlebt hatte. Aber liebe Zeit, daran war sie, Lenchen, ja nicht schuld. Kam sie dort nicht bereits wieder, um zu sehen, ob sie ihre Arbeit auch richtig machte? Also schnell hinüber zu den Gartenbeeten! —

Als Lenchen eine Stunde später zurück ins Haus ging, vermißte sie plötzlich ihren Brief. Ein Schreck durchfuhr sie. Sollte sie ihn unter der Trauerweide haben liegen lassen? — Sobald sie konnte, eilte sie hinunter in den Garten. Aber auch dort lag der Brief nicht. Ganz heiß wurde es ihr bei dem Gedanken, sie könnte ihn verloren und Frau Bornknecht ihn gefunden haben. Wie entsetzlich, wenn sie ihn lesen würde! Gewiß würde sie sich dann auf eine gehörige Strafpredigt gefaßt machen müssen oder gar entlassen werden. Das Letztere wäre ihr noch am liebsten gewesen. Immer schwüler wurde es, immer unerträglicher. Lenchen rechnete mit zwei Gewittern. Aber dasjenige, das ihr Brief verursachen würde — sie zweifelte jetzt keinen Augenblick mehr daran, daß Frau Bornknecht ihn gefunden und gelesen habe — fürchtete sie noch mehr, als das, welches aus der Luft kam. — — Und sie kam sich plötzlich so bemitleidenswert vor, daß sie aufs neue zu weinen anfing. O Mutter, es ist nicht leicht, ein kleines Dienstmädchen zu sein, besonders in solch einem Hause! — —

Unglaublich rasch hatte sich der Himmel mit dunklen Wolken bezogen. Weder Blitz noch Donner hatte vorher das sich nahende Gewitter angekündet. Es war auf einmal da und brach mit solcher Wucht über die Stadt herein, daß mancher erschrocken auffuhr und entsetzt nach dem Himmel blickte. Gleichzeitig mit dem gewaltigen Donnerschlag zuckte ein Blitz zur Erde, und nun war es, als öffneten sich die Schleusen des Himmels. Wie mit Kübeln goß es. Zur gleichen Zeit läutete Frau Bornknecht aus dem Wohnzimmer. „Jetzt kommt's!" dachte Lenchen und warf ängstlich einen Blick in den Spiegel der Garderobe.

Frau Bornknecht stand wie immer hoch aufgerichtet, mit dem Rücken zum Fenster und hielt — Lenchen stellte es voller Entsetzen fest — den Brief in der Hand.

„Das nächstemal paßt du besser auf deine Sachen auf!" Sie reichte dem Mädchen den Brief. „Und über den Inhalt reden wir dann, wenn das Gewitter vorüber ist. Ich habe mir erlaubt, zu lesen, was deine Mutter an dich geschrieben hat. Sie muß ja schöne Vorstellungen von mir haben. Das ist mir im Grunde genommen völlig gleichgültig, aber schließlich möchte ich nicht, daß meine Hausangestellte sich bei mir todunglücklich fühlt. Wir werden eine Lösung finden. — Im Augenblick ist es mir jedoch noch wichtiger, daß du durch das ganze Haus gehst, und zwar sehr schnell, und alle offenen Fenster schließt, damit es nicht hereinregnet." —

Lenchen ging, froh, für den Augenblick so davongekommen zu sein, sich aber bereits vor dem fürchtend, was sie nachher zu erwarten hatte. — O Mutter, ich wüßte, welches die beste Lösung wäre!

Frau Bornknecht blickte hinaus in den strömenden Regen. Auch die schärfsten Blitze und das unheimliche Donnern vermochte sie nicht vom Fenster zu vertreiben. Obgleich sie meinte, sich gar nichts aus dem Inhalt des Briefes, den sie da im Grase gefunden und gelesen hatte, zu machen, hatte er doch in ihr einen Aufruhr entfacht. Nun stand sie da und versuchte, damit fertig zu werden. „Wenn es gar nicht anders wird, deine Frau kein freundliches Wort für dich findet ..." War es denn wirklich so? Ließ sie dieses Kind tatsächlich innerlich darben? Liebe Zeit, die Mutter konnte schließlich nicht erwarten, daß sie zu diesem unfertigen, jungen Ding Freundschaftsbeziehungen pflegte! Helene war gut versorgt bei ihr. Sie hatte genügend Essen und Trinken, ein ordentliches Zimmer, wenn auch unter dem Dach mit schiefen Wänden, aber schließlich war sie ja das Dienstmädchen. Sie mußte nicht über ihre Kräfte arbeiten und bekam tarifmäßigen Lohn. Was wollte diese Frau denn noch mehr? Wie anspruchsvoll diese primitiven Leute wurden! „Es fällt uns schwer, dich dort zu lassen, wo du nicht glücklich bist, wo du mitten in der Sonne frierst, weil du von keiner mütterlichen Liebe umgeben bist . . ." — Das war doch geradezu die Höhe. — Mütterliche Liebe! Lächerlich! Das ging denn doch zu weit! — Mütterliche Liebe! Wie kam es, daß sie dieses Wort nicht los wurde? Es umklammerte sie beinahe schmerzhaft. Früher, ja, da hatte sie solche besessen, als die beiden Buben noch lebten und Gerthilde! — — Gerthilde? — — Nein, sie hatte keine Tochter mehr. Gerthilde mußte tot bleiben für sie. Die Tochter selbst hatte es nicht anders gewollt. Mütterliche Liebe!

Die Stimme schwieg nicht in ihrem Innern. Aufstöhnend vergrub sie das Gesicht in den Händen. O Gott, wie einsam war sie geworden! Aber selbst, wenn die Sehnsucht nach dem ihr noch einzig verbliebenen Kind sich immer wieder in ihr regte — und sie tat es —: um keinen Preis sprach sie davon, noch durfte sie diesem Gefühl Raum geben. Nein, nein, und noch einmal nein, sie hatte keine Tochter mehr. — — „Wenn am Lebensweg eines Menschen nur noch Gräber liegen . . ." Nur noch Gräber? — Hatte sie sich dieses Grab nicht selbst gegraben? — War sie nicht selber schuld an ihrer großen Einsamkeit?

„... da Deine Frau, wie Du mir schreibst, wenn auch nicht regelmäßig, so doch öfters zur Kirche geht, müßte sie ja eigentlich davon wissen ...“ Wovon? — — Von der Hoffnung des ewigen Lebens! — Was glaubt diese Frau Kümmel eigentlich von ihr? Schließlich war sie doch keine Heidin! — Aber was war sie in Wirklichkeit? Eine Christin? — Eine lebendige Christin? Hatte der junge Pfarrer bei ihrem letzten Kirchgang nicht davon gesprochen, daß es lebendige und tote Christen gab? — Wie kam es nun, daß plötzlich diese Frage vor ihr aufstand, drohend und fordernd: Was — wer bist du eigentlich? War der Brief oder das Gewitter daran schuld? — Wie sie sich auch dagegen wehrte: sie kam nicht zur Ruhe. Und schon stand wieder ein anderes Wort aus einer der letztgehörten Predigten vor ihrem inneren Auge. „Du kannst nicht vor Gott fliehen. Er findet dich überall, und wenn es im Abgrund des Walfischbauches ist, wie bei Jona. Und selbst, als er wieder aus diesem unheimlichen Gefängnis befreit war, blieb Gott bei seiner Forderung stehen, die die Ursache zu seiner Flucht gewesen war: Gehe hin, und predige denen in Ninive das Gericht Gottes! Was forderte Gott von ihr? — Ach, sie wußte es ganz genau. Schon lange wußte sie es. Aber sie wollte nicht, nein, sie wollte unter gar keinen Umständen der fordernden Stimme in ihr Gehör schenken. Gerthilde war tot. Mochte die Sehnsucht sie verzehren und sie in ihrer Einsamkeit zugrunde gehen!

Sie hatte dieses Wort ausgesprochen und konnte es nun nicht brechen. Wie stände sie da, wenn sie es täte!

„Johanna Bornknecht, du bist auf der Flucht vor Gott. Was muß erst über dich hereinbrechen, ehe du zur Einsicht kommst!“ Frau Bornknecht warf einen erregten Blick zurück in das dunkle Zimmer. War es ihr nicht gerade gewesen, als spräche jemand diese Worte laut und vernehmlich aus? Oder war es nur diese schreckliche, sich immer wieder in ihr meldende Stimme? Ach, sie war überreizt, nervös, erschöpft. Das Gewitter setzte ihr zu. Wenn es nur endlich ein Ende nähme!

Aufs neue blickte sie hinaus in den strömenden Regen. Die Straße war fast menschenleer. Wer jetzt nicht unbedingt draußen sein mußte ... aber um alles in der Welt! Dort — eine Frau mit einem Kind — ja, war es denn möglich, Maria Liebfrau mit diesem kleinen Mädchen, und das Kind ohne Mäntelchen, bis auf die Haut durchnäßt! Hilfesuchend blickte die Freundin, die Dorothea an der Hand führte, zu Frau Bornknechts Fenster empor. Diese öffnete dasselbe und rief hinunter: „Aber Maria, was tut ihr bei diesem Wetter draußen? Schnell, kommt herein!“ — Sie eilte selbst die Treppen hinunter, um die Haustüre zu öffnen.

„Sieh mal, Tante!“ rief Dorle ihr begeistert entgegen: „Ich bin ein Wasserfall!“ Und tatsächlich, das Kind triefte. Maria Liebfrau war ganz erregt. „Kann die Kleine etwa eine halbe Stunde bei euch bleiben? Ich muß eine wichtige Nachricht von meiner plötzlich schwer erkrankten Nachbarin ihrer Tochter bringen und wollte Dorle mitnehmen. Jetzt hat uns das Gewitter überrascht. Wir haben weder Schirm noch Mantel mitgenommen. Wer hätte aber auch mit einem so plötzlich hereinbrechenden Gewitter gerechnet!"

„Willst du nicht erst heraufkommen und dich umziehen oder trocknen?"

„Nein, es steht ernst mit meiner Nachbarin. Ich muß sofort zu ihrer Tochter. Aber wenn du mir einen Schirm leihen und das Kind so lange hier behalten willst?" —

Maria Liebfrau eilte wieder fort, und Frau Bornknecht gab Helene den Auftrag, sich um die Kleine zu kümmern. „Zieh ihr die nassen Kleider aus und schalte den elektrischen Ofen ein, damit sie trocknen können!" Mit gemischten Gefühlen nahm Lenchen den Auftrag entgegen. Zu genau erinnerte sie sich an die Zwischenfälle beim letzten Besuch des Kindes. Man wußte nie, auf welche Ideen die kleine Pute kam. Schließlich aber war das Mitleid mit dem durchnäßten Kind größer als die Sorge, was dieses anstellen könne. „Du armes Ding", sagte Lenchen. „Du bist ja bis auf die Haut naß. Komm, wir packen dich gleich in ein angewärmtes Badetuch, aber was zieh' ich dir an, bis deine Kleider getrocknet sind? — Halt, oben auf dem Boden habe ich unlängst in einer Truhe allerlei Kinderkleidchen gesehen! Vielleicht paßt dir eines davon."

„Au ja! Wir spielen Verkleidung!" Dorothea war sofort damit einverstanden, eine neue Sensation zu erleben.

Unwillig zog Frau Bornknecht die Stirne in Falten. Was tat Helene auf dem Boden? Da polterte es nicht wenig über ihrem Kopf herum. Und wenn sie nicht alles täuschte, war dieser kleine Irrwisch, Dorothea, auch bereits oben. Ihre helle Stimme klang jauchzend herunter zu der beunruhigt Lauschenden. Noch immer tobte das Gewitter. Hoffentlich blieb Maria nicht zu lange aus! Das Kind brachte einem nichts als Unruhe und Aufregung ins Haus. — Aber natürlich hätte man es nicht verantworten können, die Kleine bei diesem Unwetter draußen zu lassen. Da kam sie auch schon mit lautem Getöse die Treppe herunter.

„Tante, Tante, sieh, wie schön ich bin, und guck mal, was ich auf deinem Boden gefunden!" Noch ehe der Satz ausgesprochen war, hatte sie bereits die Türe aufgestoßen und stand nun vor der erbleichenden Großmutter, die mit weit geöffneten Augen, so, als sähe sie eine Erscheinung, mit der Hand nach dem Herzen griff und in den Sessel neben dem Fenster sank.

„Gott im Himmel — Gerthilde!"

Dorothea aber lachte hell auf. „Ich bin doch nicht die Gerthilde — kennst du mich denn nicht mehr? Ich bin doch die Dorothea — Gottesgabe — meine Mutti heißt doch Gerthilde. Der Vati sagt immer so zu ihr. Und sieh mal, Tante, das schöne rote Kleidchen mit lauter weißen Pünktchen drin und weiße Söckchen und rote Schuhchen, weil meine Sachen doch alle ganz naß sind. Die Helene hat gesagt, das sei alles von deinem kleinen Mädchen, das gestorben ist. Und ich darf nur bei ihr in der Küche sitzen und nicht zu dir hinein. Aber ich wollte dir doch zeigen, wie hübsch ich angezogen bin. Und sieh mal diese große Puppe! Ist die auch von deinem kleinen Mädchen, was beim lieben Gott ist? Und warum darf die Puppe nicht auf deinem Sofa sitzen und muß in der ollen Bodenkammer bleiben? — —“

Ohne aufzuhören, redete der kleine Plappermund. Aber plötzlich verstummte er. Groß und entsetzt schauten die Kinderaugen auf die alte Frau dort im Sessel. — „Tante, du weinst ja? — Was hast du? War ich ungezogen? Magst du nicht, daß ich die schönen Kleider von deinem kleinen Mädchen anziehe oder mit ihrer Puppe spiele? — — Ich zieh’ sie auch gleich wieder aus, wenn meine Sachen trocken sind. — O bitte, bitte, weine nicht mehr!“

Dorothea war nahe zu der bis in die Tiefe ihrer Seele erschütterten Frau getreten, hatte ihr Gerthildes Puppe in den Schoß gelegt und streichelte nun voller Sorge und Mitleid die tränennassen Wangen ihrer Großmutter. „Wenn du nicht aufhörst, muß ich auch weinen, weil du mir so leid tust!“ Und tatsächlich schon verzog sich das Mündchen, und die blauen Äuglein liefen über, die Tränen des Kindes vermischten sich mit denen der ins Herz getroffenen Frau.

Und nun geschah es, daß diese das Kind in ihre Arme schloß und den kleinen Plaudermund küßte und schluchzend hervorstieß: „Dorle, liebes, kleines Dorle, ich bin doch deine Großmutter, deine Oma — und du bist wirklich eine kleine Gottesgabe, denn jetzt weiß ich, daß der liebe Gott es war, der dich mir geschickt hat.“

„Nein, ich gehöre meiner Mutti und meinem Vati“, begehrte das Kind auf, „aber für’n paar Tage leihen sie mich dir noch, dann geh’ ich nämlich wieder heim. Wir kriegen doch bald ein Brüderlein, und da muß ich der Mutti feste helfen, weil ich doch ihre große Tochter bin. Und wieso willst du jetzt auf einmal meine Oma sein, wo du doch meine Tante bist, und ich hab' doch nur e i n e Oma. Die kenn' ich noch nicht, aber jeden Abend im Bett tu ich für sie beten, weil sie so allein und traurig ist, sagt Mutti ..."

Als Fräulein Liebfrau etwas später an der Haustüre klingelte, öffnete ihr Lenchen Kümmel mit vor Angst bleichem Gesicht. „Wie bin ich froh, daß Sie kommen! Sie sitzen beide oben und weinen, und Frau Sanitätsrat hat die Dorothea auf dem Schoß und kann sich gar nicht beruhigen. Ich trau' mich nicht mehr hinein."

Maria erschrak und hoffte zugleich. Sollte Gottes Stunde wirklich gekommen sein?

Als sie die Türe zu Johannas Wohnzimmer öffnete, ließ ein heftiger Donnerschlag das ganze Haus erzittern. Fräulein Liebfrau sah gerade noch, wie das nun auch geängstigte Kind die Arme um den Hals der Großmutter warf, das Köpfchen an ihre Brust drückte und von Frau Bornknecht fest umschlungen wurde.

„Ist der liebe Gott böse auf uns, daß er so donnern läßt?" fragte Dorothea zitternd.

„Auf mich, auf deine Oma, denn ich bin ihm weggelaufen!"

„Oh, dann mußt du es ihm sagen, daß du wieder zurückkommen willst." In diesem Augenblick entdeckte Frau Bornknecht die in der offenen Türe stehende Freundin. Sie streckte ihr die Rechte entgegen, während sie mit dem linken Arm Dorothea an sich drückte, und rief in ihr sonst fremder Bewegung: „Maria — warum hast du mir nicht gesagt, wer das Kind ist? — Wie konnte ich so mit Blindheit geschlagen sein! Sieh doch, sieht sie nicht aus wie Gerthilde in diesem Kleid?“

„Gottes Stunde mußte kommen! Und sie ist gekommen.“ Nun war auch Maria tief bewegt.

„Aber hast du mir nicht gesagt, ihre Großmutter sei tot?“

„Mußte ich dich nicht mit deinen eigenen Worten treffen, nachdem du in gleicher Weise von deiner Tochter gesprochen hast?“ Frau Bornknecht stöhnte auf. „Noch sehe ich nicht, wie ich aus dieser Dunkelheit herauskommen kann — aber dieses Kind gebe ich nicht mehr her, das steht fest.“ — Dem empörten Protestgeschrei Dorotheas mußte Maria Liebfrau gütig wehren: „Natürlich darfst du wieder zu deiner Mutti, sobald sie nach Hause zurückkommt, aber jetzt bleibst du noch ein Weilchen bei deiner Oma, die so lange allein und traurig war.“

„Schenkst du mir dann auch die Puppe?“

„Ja, mein Herzchen, und all die anderen schönen Spielsachen, die noch auf dem Boden sind, den Kaufladen und die Puppenküche, die Wiege und den Puppenwagen und all die Kleidchen von Gerthilde. O Maria — ich kann es nicht fassen. Ich schäme mich unsagbar und bin doch unglaublich glücklich und reich beschenkt.“

Dorothea aber hatte sich aus den Armen der Großmutter gelöst und eilte in die Küche. „Helene, alles, alles gehört mir, was im ganzen Haus ist! Komm mit auf den Boden, wir holen alles herunter!“ Die beiden Frauen aber standen Hand in Hand am Fenster und blickten in den Himmel, der sich wieder leuchtend blau färbte — die letzten Wolken waren bereits golden umrandet. — Das Unwetter war vorüber.

*

Frau Sonnheld streckte der Eintretenden die Hand entgegen. „Wie schön, Frau Kallin, daß Sie zu mir kommen! Bitte, nehmen Sie Platz! Ich bin so froh, zu beobachten, daß Sie in den letzten Tagen doch merklich besser aussehen. Ich war recht in Sorge um Sie. Nun neigt sich die zweite Woche schon dem Ende zu, es bleibt uns nur noch die letzte, und Sie gehörten bisher zu den Frauen, bei denen die Erholung kaum Fortschritte machen wollte. — Wie geht es denn jetzt mit dem Schlafen? Benötigen Sie noch allabendlich Schlaftabletten?" —

Frau Kallin sah sich still in dem Zimmer der Heimleiterin um. Langsam wanderte ihr Blick von einem Gegenstand zum anderen. Das Zimmer war einfach, aber mit feinem Geschmack eingerichtet. Nur wenige, aber ausgesucht gute Bilder zierten die Wände. In zwei, drei edelgeformten Vasen leuchteten Wiesenblumen auf, sorgsam in Farbe und Art zusammengestellt. Sachte strich Frau Kallin über die handgewobene Decke auf dem Tisch. Dann seufzte sie: „Wie schön Sie alles haben! Einmal freute ich mich auch an einer gepflegten, nach meinem und meines Mannes Geschmack eingerichteten Wohnung. Wir haben alles verloren. Nichts von unserem Hause, das in einem wundervollen Garten lag, ist uns geblieben. Ich freue mich zwar heute wieder an allem

Schönen, was sich meinem Auge bietet, aber ich sehne mich nicht mehr danach. Es fällt mir nicht schwer, darauf zu verzichten. Die Dachkammer, in der ich wohne, enthält nur das Allernötigste. Ein Bett, einen Stuhl, einen kleinen Tisch und hinter einem Vorhang ein paar Haken für die wenigen Kleider, die ich brauche. Auf einem Hocker steht mein kleiner elektrischer Kocher. Das ist alles, was ich besitze, und ich will auf keinen Fall mehr als dieses. Jeder weitere Besitz scheint mir unnötiger Ballast."

Frau Kallin schwieg wieder. Ihr Blick verließ das Zimmer, in dem sie saß, und folgte einem bunten Schmetterling, der sich hierher verirrt hatte und nun wonnetrunken, froh, den rettenden Ausgang gefunden zu haben, aus dem offenen Fenster ins Freie strebte. Das Heim lag eingebettet zwischen sattgrünen Wiesen, direkt an der Fils gelegen, deren munteres Wellenspiel bereits zur Melodie des Hauses geworden war, im Tal, umgeben von waldbewachsenen Hügeln, von deren höchstem ein mächtiges Kreuz in den Himmel ragte, von ernstgläubigen Menschen als mahnendes Wahrzeichen betrachtet. In stillen Stunden traten Rehe oben am Saum des Waldes auf die Matte hinaus und empfanden, gleich den Erholungssuchenden, hier die Ruhe des Tales wohltuend.

Frau Sonnheld wartete geduldig, daß Frau Kallin weiterredete. Es war ihr klar, daß diese nicht gekommen war, um ihr von ihrer Wohnungseinrichtung zu erzählen. Sie empfand es dankbar, daß diese äußerst verschlossene Frau, die in den fast zwei Wochen ihres Hierseins sehr zurückhaltend gewesen war, heute den Weg in die Sprechstunde gefunden hatte. Aber sie wußte auch, daß sie warten mußte, bis die Türe des Innern dieser Frau sich ihr von selbst erschließen würde.

In langjähriger Erfahrung im Dienst am Menschen als Beraterin und Seelsorgerin vieler hatte sie gelernt, nur das aufzunehmen, was man ihr freiwillig gab, und sie hütete sich davor, sich einem Menschen aufzudrängen. — Aus den Personalien Frau Kallins hatte sie entnommen, daß diese kaum vierzig Jahre alt war. Woher mochte sie die schneeweißen Haare haben? — Sie mußte einmal eine bildschöne Frau gewesen sein. Heute aber lag eine Müdigkeit der Seele kennzeichnend auf ihrem Angesicht und sprach aus ihren Augen. Zweifellos, die Frau hatte Schwerstes erlebt. — —

Endlich begann sie wieder: „Sie haben gewiß gemerkt, Frau Sonnheld, wie schwer es mir geworden ist, mich hier einzuleben. Nicht, daß es mir im Heim nicht gefallen hätte. Wie könnte man sich in einem so neuen und gepflegten Hause nicht wohlfühlen! Fräulein Maydorn hält das ganze Haus mit ihren Hilfskräften so tadellos in Ordnung, daß es eine wahre Freude ist, und sorgt so ausgezeichnet für unser leibliches Wohl, daß ich nur immer wieder staunen muß, wie das bei dem niederen Pensionspreis, den wir hier zahlen — und von einigen weiß ich, daß sie vollkommen unentgeltlich hier sind — möglich ist. — Sie selbst betreuen uns geradezu mütterlich, und es ist deutlich zu spüren, daß Sie Ihre Aufgabe nicht als Beruf, sondern als eine Berufung auffassen. Es geschieht alles, was nur möglich ist, daß wir uns hier wohlfühlen. Und doch habe ich bis vor wenigen Tagen daran gezweifelt, ob es recht ist, daß ich hier bleibe und nicht einer Frau, einer kinderreichen Mutter etwa, meinen Platz abtrete. Sehen Sie, ich bin alleinstehend, was tut es schon, ob ich erholt bin oder nicht! Niemand braucht mich mehr, keiner wartet bei meiner Heimkehr auf mich. Niemand wird mich vermissen, wenn ich eines Tages nicht mehr sein werde. — — — Wie viele Mütter aber, die eine Schar Kinder zu Hause haben und sich für diese vollkommen aufreiben, wären dankbar, eine Erholungszeit hier verleben zu dürfen! — — Ich wurde tagelang den Gedanken nicht los, daß es ein großes Unrecht sei, einer solchen Mutter diese Möglichkeit wegzunehmen." — —

Da Frau Kallin wieder eine Weile schwieg, wagte die Heimleiterin vorsichtig zu fragen: „Ihr Mann lebt nicht mehr?"

„Ich bin geschieden!"

„Und Sie haben keine Kinder?"

„Ich hatte drei Töchter. Sie leben nicht mehr. Ich — ich habe sie — getötet!" Aufstöhnend barg die Frau nach diesem Geständnis das Gesicht in den Händen. — Frau Sonnheld war aufs tiefste erschüttert. Manche Lebensbeichte hatte sie in diesem Hause und in früherer Arbeit gehört, in Abgründe von Leid und Not hatte sie geblickt. — Aber dies schien ihr etwas vom Schlimmsten, was ihr begegnet war. — — Wie konnte so etwas möglich sein? — — Aber nun hieß es erst recht, taktvoll und behutsam vorzugehen, sollte die eben vor ihr zaghaft geöffnete Türe nicht wieder zufallen. — Linde legte sie die Hand auf die nun im Schoß gerungenen Hände der vor ihr Sitzenden. Frau Kallin empfand die ihr entgegengebrachte Liebe. Sie fuhr fort:

„Zu keinem Menschen habe ich bisher davon gesprochen. Es war mir einfach nicht möglich. Nachdem ich aber in all den Tagen meines Hierseins beobachte, welch ein großes Anliegen es Ihnen ist, uns zu helfen, wie Sie uns mit verstehender Liebe betreuen, fühle ich mich verpflichtet, Ihnen zu erklären, was der Grund ist, warum ich meinte, nicht hier bleiben zu können. Die Stunden in unserer Hauskapelle verhalfen mir in den letzten Tagen jedoch zu einem inneren Zur-Ruhe-kommen — ich weiß, ich werde nie, nie, solang ich lebe — möge es keine so endlos lange Zeit sein — das Schreckliche verwinden können — — aber eines ist hier in Ihrem Hause doch geschehen: ich bin stiller geworden. Sie haben mir den Gott der Barmherzigkeit und der Gnade nahe gebracht, nachdem ich in ihm nur noch den erbarmungslosen Rächer sah — — und dafür bin ich Ihnen unsagbar dankbar. So habe ich mich entschlossen, nicht vorher abzureisen. —— Und nun will ich versuchen, Ihnen zu erzählen, was auf mir lastet. — —

Ich war zehn Jahre glücklich verheiratet. Wir hatten eine kleine Fabrik. Es ging uns gut. Dann kam der entsetzliche Krieg. Mein Mann wurde mit unserem Schwager, der der Teilnehmer unseres Geschäftes war, eingezogen. Ein langjähriger Angestellter leitete den Betrieb weiter mit unserem alten Vater. Meine Schwester mit ihrem Töchterlein wohnte am gleichen Ort. Der Krieg brachte auch für uns allerlei Beschwerden — aber sie waren erträglich im Vergleich zu dem, was wir kurz vor Ende desselben erlebten. Erlassen Sie es mir, das Grauenvolle zu schildern. Vor den Augen unserer Kinder mußten wir Frauen die größte Schmach über uns ergehen lassen, nicht nur einmal, sondern immer wieder. Angst und Entsetzen verzehrte unsere Töchter beinahe. Das Grauen nahm kein Ende. Wir, meine Schwester und ich, wurden immer elender. Wir sahen keine Möglichkeit, diesem Elend zu entrinnen. Beide hatten wir das Empfinden, nicht mehr lange am Leben zu bleiben. Was aber sollte dann aus unseren Kindern werden? Von unseren Männern wußten wir nichts. Der Krieg war verloren. Die Gegentruppen hatten unser ganzes Gebiet besetzt. — Unser Dasein wurde von Tag zu Tag unerträglicher. Da faßten wir den Entschluß, mit unseren Kindern aus dem Leben zu scheiden. Meine Schwester und unsere vier Töchter ertranken. Mich rettete ein Offizier und zwang mich, die ich nur eine Sehnsucht hatte, nämlich zu sterben, zurück ins Leben. —

Er war es auch, der sich dann für die verzweifelten Frauen einsetzte und strenge Strafen über diejenigen seiner Leute verhängte, die sich seinen Bestimmungen widersetzten. Ach, hätte der Mann mich mit meinen Kindern sterben lassen! Von da an vegetierte ich nur noch durch meine Tage. Schwermut hatte mich befallen. Alles war mir gleichgültig. Wohl hatte ich nichts mehr von den Soldaten, die im Siegestaumel unberechenbar gewesen waren, zu befürchten. Der feindliche Offizier war ein edler Mensch und tat für mich und die anderen Frauen, was er nur konnte, um unsere Lage erträglich zu gestalten, aber wahrhaft helfen konnte er nicht. —

Das kann überhaupt kein Mensch. Mein Leben war und ist verpfuscht. — — Ich wurde dann mit vielen anderen weitertransportiert, verbrachte Monate in Gefangenenlagern. Später brachte mich das Rote Kreuz ins Innere des Landes. Durch den Suchdienst wurde mein Mann gefunden. Ich zitterte vor dem Augenblick unserer Begegnung. Wie sollte ich vor ihn hintreten ohne die Kinder, an denen sein ganzes Herz hing? Würde er mein Tun verstehen? Wie beneidete ich jetzt meine Schwester, der dieses alles erspart blieb! Mein Mann war inzwischen aus der Gefangenschaft entlassen worden. Zwei Jahre waren seit Ende des Krieges dahingegangen. Er hatte bereits Anstellung in einer Firma bekommen. Es ging ihm nicht schlecht. Unser Wiedersehen war erschütternd. Zuerst dachte ich, es sei der Verlust unserer Töchter, der ihn so unfaßlich veränderte, ja entstellte, dann aber mußte ich erkennen, daß eine andere Frau, ein leichtfertiges Menschenkind, in sein Leben getreten war und mich daraus verdrängt hatte. Er versuchte sich zwar damit zu rechtfertigen, daß nach dieser furchtbaren Tat unser Familienleben doch zerstört und ein Zusammenleben nicht mehr denkbar sei, aber ich wußte, er war als ein anderer aus dem Krieg zurückgekehrt. All das Grauenvolle, was er durchlebt hatte, schien sämtliche Werte in ihm vernichtet zu haben. — So wurden wir geschieden. Nun ist nichts weiter zu erzählen, als daß ich mein leidliches Auskommen durch Heimarbeit gefunden habe. — Ich lebe, aber ohne jede Freude, ohne Lebensinhalt. Vergeblich forsche ich nach dem Sinn eines solchen Daseins, wie ich es führe. Der Pfarrer unserer

Gemeinde und seine prächtige Frau haben sich meiner rührend angenommen. Ihnen habe ich auch mein Hiersein zu verdanken. Seit etwa drei Tagen beginnt es in mir ruhiger zu werden. — Ach, daß ich wieder glauben könnte, wie ich es als Kind getan habe! Begreifen Sie, Frau Sonnheld, daß ich Qualen ausstand, als in den ersten Tagen unseres Hierseins die Frauen von ihren Kindern berichteten, sei es, daß sie von Sorgen oder Freuden erzählten? Ich hätte mir die Ohren zuhalten und laut meinen Jammer und meine große Sehnsucht hinausschreien mögen. Aber ich mußte schweigen — wer hätte mich verstanden?

Sie konnten natürlich nicht wissen, was Sie mir antaten, als Sie mich in dasselbe Zimmer legten wie Frau Tretscher, die Mutter von sieben Kindern ist. Ihr Mann ist Lehrer, und sie erwartet das achte. Auf ihrem Nachttisch steht die Fotografie ihrer Kinder, eines herziger als das andere. Fast täglich kommen Briefe von ihrem Mann und den Kindern, die sie mir vorliest. Sie erzählt mir unzählige kleine Episoden aus dem Leben mit ihren Buben und Mädchen, drollige Aussprüche der Kleinen, und sie berichtet von dem verständigen Helfen der Großen. Glücklichste Mutterschaft steht täglich vor meinen Augen und reißt mein Herz immer wieder aufs neue wund und weh. — Begreifen Sie, daß ich meinte, abreisen zu müssen, daß ich, anstatt mich zu erholen, immer elender wurde? — Bis wir gestern diese unvergeßlich schöne Andacht in der Hauskapelle hatten, in der Frau Pfarrer Wittlich, die ja auch Flüchtling ist, Sie zu Ihrem Solo begleitete. Was Sie sangen, drang tief in mein

Inneres. An diesem Abend entschloß ich mich, hier zu bleiben und zu meinem Hiersein ‚Ja' zu sagen." —

Frau Sonnheld, die in tiefer Erschütterung zugehört hatte, wiederholte, als die schwergeprüfte Frau vor ihr schwieg, die Worte des Liedes, das so großen Eindruck auf diese gemacht hatte:

Schaff's mit mir, Gott, nach deinem Willen!
Es bleibt dir alles heimgestellt.
Du wirst mein Wünschen so erfüllen,
Wie's deiner Weisheit wohlgefällt.
Du bist mein Vater, du wirst mich
Versorgen, darauf hoffe ich. —

Zu dir, mein Gott, steht mein Vertrauen.
Du bist mein Gott, mein Heil, mein Schutz.
Auf dich will ich beständig bauen,
Mit dir biet' ich dem Teufel Trutz.
Ist Gott für mich und bleibet mein:
Wer mag mir dann zuwider sein? —

Frau Sonnheld ergriff beide Hände Frau Kallins. Tränen standen in ihren Augen. In unaussprechlichem Mitleid sagte sie: „Es ist unmöglich, daß Menschen Sie trösten können. Ich will aber nicht aufhören, darum zu bitten, daß Gottes Trost Ihr verwundetes Herz erfüllen möge." — Und sie zog die Schwester — denn eine solche war sie ihr von diesem Augenblick an geworden — an sich und küßte sie. —

Wie oft kam es vor, daß Frau Sonnheld lange schlaflos lag! Zwar wußte sie von anderen, die in ähnlicher Arbeit standen wie sie, daß man sich auch an das Leid der Menschen, die man zu betreuen hatte, gewöhnen konnte. „Was glauben Sie, wohin wir Schwestern kämen“, hatte ihr unlängst eine Diakonisse gesagt, „wenn wir Krankheit und Schmerz eines jeden unserer Patienten derartig über uns herfallen ließen! Wir würden überhaupt nicht mehr fähig sein, zu arbeiten und unseren Dienst zu verrichten. Wir müssen in gewisser Notwehr einen Panzer um uns legen, damit das Leid um uns her unsere Seele nicht ganz und gar überwältigt. Sonst erliegen wir an unseren Berufsaufgaben. Allerdings haben wir auch solche unter uns, die es nie lernen, ein wenig Abstand zu halten von den Dingen, die uns täglich in unserem Berufsleben begegnen. Sie sind zu weich, zu sensibel, vielleicht von manchen unserer Patienten sehr geliebt, aber sie zerbrechen vielfach an den ihnen auferlegten Lasten der anderen.“ — —

Darüber dachte Frau Sonnheld heute nach, während sie nun schon wieder lange wach lag und sich vergeblich nach erquickendem Schlaf sehnte. Nein, zerbrechen wollte und durfte sie nicht an den Lasten ihrer Frauen, die sie tagtäglich bewußt mit auf ihre eigenen Schultern nahm, aber es war ihr ganz undenkbar, daß sie Abstand nehmen sollte von dem, was diese müden, abgekämpften, überlasteten Mütter in großem, sie beglückendem Vertrauen zu ihr trugen. Wie dankbar war sie, daß sie für sie da sein und ihnen dienen durfte, obgleich ihr die Größe und Schwere ihrer Aufgabe mit jedem Tag mehr zum Bewußtsein kam! — Im Gegenteil, sie litt geradezu darunter, daß sie die Ärmsten nur eine Wegstrecke lang begleiten konnte und sie nach kurzen Wochen ihres

Hierseins wieder zurück in ihren oft so grauen Alltag ziehen lassen mußte. Wie nötig war es daher, daß es ihr gelang, ihnen während dieser Zeit etwas mitzugeben, was ihnen half, ihre Lasten wieder mutig auf sich zu nehmen, freudig in ihren Familien- und Arbeitskreis zurückzukehren, auch wenn sich dort die Verhältnisse inzwischen nicht geändert hatten! —

„Rechnen Sie nicht damit, daß in der Zeit Ihrer Abwesenheit bei Ihnen zu Hause vieles anders geworden ist!“ hatte sie schon oft zu ihren Frauen gesagt. „Die Wohnungsverhältnisse sind voraussichtlich noch dieselben, wenn Sie zurückkehren, die Ärgernisse mit den Nachbarn oder den Untermietern werden genau wieder so an Sie herantreten wie vorher. Die Nöte in der Ehe und mit den Kindern, wirtschaftliche Sorgen, das Alleinsein und Sicheinsamfühlen inmitten vieler Menschen und noch vieles andere wird wieder vor Ihnen stehen und von Ihnen auf die Schultern genommen werden müssen, — und doch kann etwas ganz anders, völlig neu werden, und zwar bei Ihnen selber. Nicht die Verhältnisse in erster Linie, sondern wir selbst müssen eine Veränderung erleben, daß wir als neue Menschen den Dingen, den Schwierigkeiten begegnen. Das aber muß Gott wirken. Unser Verhältnis zu Gott muß ein anderes werden, dann wird es auch zu den Menschen ein neues und unbedingt besseres.“ — — Frau Sonnheld seufzte. Es war nicht immer leicht, diesen verschiedenartigen Frauen das Verständnis für solche Wahrheiten zu öffnen. Da waren selbstsichere, die sich gute Christen nannten und in ihrer Ichgebundenheit gar nicht merkten, wie sie dem Nächsten ein Anstoß, ja ein Hindernis waren. Wieder andere kamen zum erstenmal in ihrem Leben unter religiösen Einfluß. Da war gar keine innere Grundlage, auf der man hätte aufbauen können, und es wäre ein regelrechter Religionsunterricht nötig gewesen, um überhaupt einmal einigermaßen Voraussetzungen zu schaffen, damit sie etwas von der Bibelarbeit, die sie täglich mit den Frauen hielt, mitnehmen konnten. — Eine ganze Anzahl der Frauen waren Flüchtlinge. Sie hatten schreckliche Erlebnisse hinter sich, hatten Haus und Hof und alles, was sie besaßen, zurücklassen müssen. Etliche waren sehr verbittert, weil sie hier nicht die Aufnahme und das Verständnis fanden, was sie glaubten, nach dem Erlebten erwarten zu können. Eine Frau hatte ihre zwei Kinder auf der Flucht verloren. Sie waren ihr in lebensgefährlichem Gedränge von der Seite gerissen worden. Ihr Leben war nur noch ein einziges Suchen und Sehnen nach den Verlorengegangenen. — Da waren solche, die keinerlei Verluste zu beklagen hatten und doch von einer unbegreiflichen Unzufriedenheit erfüllt waren. Frau Sonnheld dachte an Frau Prünkler. Sie lebte mit dem verheirateten Sohn in einem netten Einfamilienhaus, vertrug sich aber mit der Schwiegertochter nicht und hatte mit dieser solch unbeschreibliche Auftritte gehabt, daß sie einen Herzanfall nach dem anderen erlitt, während die Schwiegertochter aus Verzweiflung einen Selbstmordversuch gemacht hatte. — Im Vergleich zu dem, was manche andere durch den Krieg und seine Folgen erlitten hatten, schien dieses Erleben so unnötig. Unfaßlich, daß die Menschen sich gegenseitig auf diese Weise aufrieben! — Aber auch mit Frau Prünkler hatte Frau Sonnheld tiefes Mitleid. Was nützte nun das eigene Häuschen, die gute Stellung des Sohnes, wenn der Frieden fehlte! — Und auch hier war es so: Frau Prünkler mußte zurück in ihren Alltag, der sich nicht verändert haben würde, — Die Veränderung mußte i n i h r vor sich gehen. — Ach, daß es doch gelingen würde, ihr zu einer Sinnesänderung zu verhelfen!

Eine nach der anderen der ihr anvertrauten Frauen zogen auch in dieser Nacht wieder an Frau Sonnhelds innerem Auge vorüber. Nun waren es schon mehr als achthundert, die sie während ihres Hierseins zu betreuen gehabt hatte. — Täglich dankte sie Gott für den Platz, den er ihr zugewiesen hatte. Es waren nicht nur schwere und sie oft bedrückende Erlebnisse, die ihre Tage füllten, sondern auch sehr viel Erfreuliches. Wie beglückte sie es, wenn die Frauen sich nach einiger Zeit erholten, wenn die müden, ja oft stumpf gewordenen Augen sich mit neuem Glanz füllten, wenn neuer Lebensmut sich zeigte und Freudigkeit sich regte, die alten Pflichten wieder aufzunehmen! Ach wie ganz anders und sichtlich verändert kehrten die meisten der Frauen zurück in ihren Alltag, und frohe Briefe, die Frau Sonnheld bekam, kündeten ihr davon, daß diese Erkenntnis nicht nur Augenblicksstimmungen entsprang, sondern standhielt.

Erst heute hatte Frau Sonnheld wieder einige Briefe bekommen. Allerdings hatte sie diese nur kurz überfliegen können. Zum ruhigen Lesen hatte sie nicht Zeit gefunden. Dazu war jetzt eigentlich die beste Möglichkeit. Alles war still rings um sie her. Das Plätschern der am Hause vorbeifließenden Fils war das einzige Geräusch dieser Nacht. Die meisten der Gäste schliefen wohl längst. Der Ausspruch einer ihrer Frauen fiel Frau Sonnheld ein. Es war eine kinderreiche Mutter, eine feine, innerlich reiche Frau. Sie hatte ihr erzählt, daß sie sehr schlecht schlafe und nachts viel wach liege. „Aber ich habe gute Nächte“, hatte sie fröhlich gesagt, „und finde in diesen Zeit für vieles, was in meinem unruhigen Tageslauf untergeht. Wenn ich so lange wach liege und keinen Schlaf finde, dann machen sich meine Gedanken auf den Weg und besuchen all meine Lieben. Da sind die Kinder, die bereits verheiratet sind und selbst schon wieder eines oder mehrere kleine Kinder haben. Da sind diejenigen, die in der Berufsausbildung stehen und, noch zum Teil sehr unselbständig und unsicher, von den verschiedensten Einflüssen noch hin- und hergeworfen sind. Da sind meine Schulkinder und die ganz kleinen, die noch zu Hause leben. Wissen Sie, es dauert schon eine Weile, bis ich bei meinen elf Kindern vorbeigekommen bin. Für sie alle falte ich dann meine Hände und rede mit Gott über sie und ihre Anliegen. Das macht mich dann so ruhig und getrost. All meine Sorgen um sie lege ich dann ganz einfach in Gottes Hände. Die Schwierigkeiten, mit denen ich nicht selbst fertig werde, lege ich ihm hin. — Du mußt eingreifen, ich selbst kann es nicht. — Sehen Sie, so habe ich gute Nächte trotz der schlaflosen Stunden, denn ich weiß, es gibt keine größere Macht als die des Gebets.“ — — Gute Nächte! Frau Sonnheld schaltete die kleine Lampe auf ihrem Nachttisch an. Sie wollte die heute gekommenen Briefe noch einmal durchlesen.

Da schrieb Frau Bergmann, die Mutter von sechs Kindern: „... Sie wissen, mit welch schwerem Herzen ich zu Ihnen ins Mütterheim gekommen bin, körperlich so elend, daß ich mich zu nichts mehr aufraffen konnte. Wochenlang vorher hatte ich mich nur noch zu meiner Arbeit geschleppt. Längst konnte ich mich nicht mehr so um die Kinder kümmern, wie sie es von ihrer Mutter hätten erwarten können. Es lag oft eine sehr gespannte Atmosphäre über unserem Haus. Auch mein Mann hat sehr darunter gelitten. Ich muß ihn heute, nachdem ich mich innerlich wieder aufgefangen habe, bewundern ob seiner Geduld. Ich war ganz sicher oft sehr schwer zu ertragen mit meiner Gereiztheit. Während der Urlaubswochen ist mir klar geworden, daß ich wohl nicht mit zunehmender körperlicher Kraft, sondern eher mit Abnahme derselben rechnen kann, daß ich aber um meiner Familie willen doch um ein fröhliches Herz ringen, nein, um dasselbe bitten muß, damit unser Familienleben nicht Schaden leidet. Und das ist mir bei Ihnen in der fröhlichen Hausgemeinschaft des Mütterheims, vor allem aber in der Stille der Bibelarbeit und Andachtsstunden geworden. Dafür kann ich nicht genug danken. Um ein großes inneres Erlebnis reicher, nein, um die größte Erkenntnis bereichert, bin ich zu meinen Lieben zurückgekehrt. Und denken Sie, mein Mann und die Kinder haben es sofort gemerkt! Am Abend des ersten Tages schloß mein Mann mich in tiefer Bewegung in seine Arme und sagte: ‚Mutterchen, jetzt bist du wieder die

Alte. Wie froh bin ich!' Er dachte wohl an die ersten glücklichen Jahre unserer Ehe zurück. Ich aber mußte ihm sagen: ‚Nein, nicht die Alte, ich hoffe, eine ganz neue und verjüngte Mutti ist zu euch zurückgekehrt.'

Nach drei Tagen kam meine vierzehnjährige Tochter zu mir und sagte: ‚Mama, du bist ganz anders geworden. Ich weiß nicht, wie ich es ausdrücken soll. So jung, so froh, einfach so ganz anders. Wie kommt das nur?' Da mußte ich sofort an das denken, was Sie, liebe Frau Sonnheld, uns gesagt haben, nämlich, daß es so wichtig sei, gleich bei der Rückkehr in die Familie zu bekennen. Und daß so sehr viel von diesem richtigen Bekenntnis abhänge. — Und so habe ich es auch sofort gewagt und gesagt: ‚Irmela, ich will es dir sagen, woher es kommt, daß ich anders geworden bin. Ich habe im Müttererholungsheim ein wunderbares Erlebnis gehabt, ich bin dem Herrn Christus begegnet.' Da ist meine Tochter ganz rot geworden, Tränen standen plötzlich in ihren Augen, und sie, die schon lange eher herb und verschlossen zu mir war, obgleich es ihrem Wesen nicht entspricht, hat mir plötzlich einen Kuß gegeben und ist davongelaufen. Als ich am Abend an die Betten meiner Kinder kam, um mit ihnen zu beten, fragte mich mein zwölfjähriger Bub, der begonnen hat, in den Zuhörerunterricht zu gehen: ‚Mutti, Irmela sagt, du seiest im Mütterheim dem Herrn Christus begegnet. Sag' mir doch, wie das gewesen ist!' Und dann folgte eine so wunderschöne Stunde ernster Aussprache mit meinem Kind, daß ich noch heute vor Freude darüber weinen könnte und nur eine Bitte zu Gott habe, er möge mir dieses unverdient große Glück in meiner Familie noch recht lange erhalten."

Frau Sonnheld griff zum nächsten Brief. Da schrieb die Tochter einer älteren Frau, die ebenfalls hier zur Erholung gewesen war: „... Ich kann nicht anders, als Ihnen von Herzen danken, obgleich Sie mich persönlich gar nicht kennen. Aber seitdem meine Mutter wieder zu Hause ist, erfüllt uns alle eine so große Freude, die wir gewiß Ihnen zu verdanken haben, die Sie die Ihnen anvertrauten Frauen in den Wochen ihres Dortseins so liebevoll umsorgten. — Vielleicht wissen Sie, daß wir Flüchtlinge sind. Seitdem wir die Heimat verlassen mußten, ist unsere Mutter keine Stunde mehr froh gewesen. Sie ertrug es auch nicht, daß meine Kinder, ihre Enkel, sich freuten. Mit großer Besorgnis sahen wir dieser beinahe krankhaften Entwicklung entgegen. Sie wollte nicht, daß Blumen in unseren Zimmern standen, kein Lied durfte gesungen werden, alles, was sie früher erfreute, lehnte sie jetzt ab und wurde dadurch auch gegen unsere Kinder ungerecht, die doch in ihrer Jugend ein Anrecht auf Freude haben, auch wenn wir Flüchtlinge sind. Meine Mutter aber war der Meinung, daß sie später bestimmt über sie hereinbrechende Enttäuschungen weit besser ertragen könnten, wenn sie frühzeitig lernen, Verzicht zu üben, keine Ansprüche ans Leben zu stellen und möglichst freudlos erzogen würden. Wie sehr habe ich unter ihrer Auffassung gelitten! Bevor Mutter zu Ihnen kam, war es beinahe unerträglich geworden. Und denken Sie, als sie zurückkehrte, kam sie als ein gänzlich neuer Mensch wieder! — ‚Mutter, die Oma hat sogar gelacht!' flüsterte mir mein kleiner Bub zu. Schon am ersten Abend sang sie mit den Kindern. Unserer zehnjährigen Tochter, die sehr musikalisch ist, hat sie eine Blockflöte gekauft, und jeden Abend erzählt sie den Kindern eine biblische Geschichte. Nicht genug kann sie von ihrem Aufenthalt in Ihrem Heim erzählen, und immer wieder spricht sie den Wunsch aus, daß auch ich für einige Wochen dort ausspannen könnte. Jedenfalls danke ich Ihnen von ganzem Herzen. . . .“

Ein dankbares Lächeln lag auf Frau Sonnhelds Gesicht, als sie den Brief weglegte. Wie beglückend war es, solche Nachrichten zu bekommen! Es zeigte ihr deutlich, wie wichtig die Arbeit hier im Hause war.

Der nächste Brief barg allerdings keinen so erfreulichen Bericht. Da schrieb Frau Schatthalter: „. . . Mein Heimkommen war sehr schwer. Sie wissen ja von dem Brief, den ich meinem Mann und den Kindern vom Müttererholungsheim aus geschrieben habe, und in dem ich ihnen von der mir neu gewordenen Erkenntnis schrieb. Ich hatte nach anfänglichem innerem Sträuben mich doch dem gegenüber aufgeschlossen, was Sie uns in der Bibelarbeit gesagt hatten. Eine ganz neue Welt war mir damit aufgegangen, und ich hoffte, mit dieser neuen Erkenntnis meiner Familie helfen zu können. Ich hatte Ihnen, Frau Sonnheld, ja erzählt, wie verworren unsere Verhältnisse sind. Ich weiß, daß mein Mann, der in guter Stellung steht, seit Jahren eine Freundin hat, mit der er das Wochenende verbringt und auch den Urlaub. Auch meine Kinder wissen von dieser Untreue. Daß sie ihren Vater dabei nicht achten können, ist nur verständlich. Um ihretwillen sah ich von einer Scheidung ab. Während der Zeit im Müttererholungsheim, wo ich zum Nachdenken kam und zum erstenmal in meinem Leben den Segen und Wert der Stille kennen lernte, ist es mir klar geworden, daß auch ich bestimmt vieles falsch gemacht habe, meinem Mann und auch den Kindern gegenüber. Vor allem, daß wir uns nie um Gott, um die Bibel und um ewige Dinge gekümmert haben. — Wie Schuppen fiel es mir von den Augen, daß der Mensch nicht vom Brot allein lebt. Es reichte nicht aus, daß ich für die Kinder nach bestem Wissen gesorgt habe, daß sie Kleider und Essen und ihre Ordnung hatten. Nie hatte ich mit ihnen gebetet, nie waren wir gemeinsam zur Kirche gegangen. Unsere beiden ältesten Kinder haben wir nicht konfirmieren lassen. Den Jüngsten nur, weil er es wollte — all seine Klassenkameraden wurden konfirmiert —, aber irgendwelche Beziehungen hatten wir nie zu diesen christlichen Problemen. Nun ist mir dies alles klar geworden, während ich bei Ihnen war. Allerdings bezweifelte ich, daß meine Kinder, die inzwischen schon vierzehn, siebzehn und zwanzig Jahre alt geworden sind, noch irgendwie zugänglich oder zu beeinflussen wären. — Aber ich wollte doch mit großem Ernst den neuen Weg gehen. Und so schrieb ich damals nach Hause, ich hätte erkannt, daß vieles bei uns anders werden müsse, und klagte mich ehrlich an, auch manches falsch gemacht zu haben. Ich bat sie um Verzeihung und schrieb ihnen, daß wir doch miteinander ganz von vorne, ganz neu anfangen möchten. Als ich dann nach Hause kam, war mir schon ein wenig bange zumute. Wie würden meine Kinder auf diesen Brief reagieren? Wie mein Mann? Geantwortet hatte mir keines. Und es kam, wie ich befürchtet hatte. Fast ein wenig mitleidig oder gar ironisch lächelnd wurde ich begrüßt, und mein ältester Sohn sagte: ‚Na, Mutter, deine klösterlichen Angewohnheiten wirst du hoffentlich nicht mitgebracht haben.' Und meine Tochter fügte hinzu: ‚Über deinen Brief haben wir uns halb totgelacht. Sag' mal, wurden euch dort solche Schriftstücke diktiert? Aus dir selber kam doch ein solcher Seelenerguß bestimmt nicht.' So schwer es mir auch wurde: ich überwand mich und wollte mich durchsetzen. Als ich aber vor dem Essen ein Tischgebet sprechen wollte, prusteten mein Mann und die Kinder lachend los: ‚Jetzt hör' aber auf, du bist wohl tatsächlich übergeschnappt in diesem Müttererholungsheim.' So stehe ich ganz alleine da in meiner Familie. Wie gut haben es doch die Mütter, deren Männer mit ihnen zur Kirche gehen, und die ungestört mit ihren Kindern beten können! Bitte, liebe Frau Sonnheld, denken Sie auch an mich, wenn Sie mit den Frauen Ihrer jeweiligen Freizeit zur Andacht in der Hauskapelle zusammenkommen! Ich möchte doch so gerne bei dem bleiben, was ich als das Rechte erkannt habe, aber es ist nicht leicht, in seiner Familie allein und unverstanden damit zu stehen."

„Wie gut, daß wir von der Macht der Fürbitte wissen", dachte Frau Sonnheld. „Und ich will es Frau Schatthalter schreiben, daß sie nicht alleine ist. Wir wollen hinter ihr stehen und ihr helfen. Sie hat es nicht leicht." — —

Der nächste Brief war von Frau Michaelis. Sie war früher Lehrerin gewesen und hatte einen Studienrat geheiratet. Auf der Flucht war sie von dreien ihrer Kinder getrennt worden. Mit den vier Jüngsten war sie in ihre alte Heimat geflüchtet. Nun, nach Jahren, hatte sich jedoch ihre ganze Familie auf wunderbare Weise wieder zusammengefunden. Es war für Frau Michaelis nicht ganz einfach, immer mit ihren drei Ältesten fertig zu werden. Die Kinder waren jahrelang in fremden Händen, in Flüchtlingslagern, in Waisenhäusern gewesen, natürlich unter den verschiedensten Einflüssen. Den jüngeren Geschwistern gegenüber empfanden sie oftmals etwas wie Eifersucht. Die hatten es natürlich gut gehabt, die waren nach ihrer Meinung verwöhnt worden, während sie hungern, frieren und unter manch anderem leiden mußten. Frau Michaelis bemühte sich sehr um die Liebe der Kinder, aber oft gelang es ihr nicht, geduldig und beherrscht zu bleiben. Dann schrieb sie gewöhnlich an Frau Sonnheld und klagte ihr ihre Not, bat auch um Rat und Fürbitte.

Auch heute hatte sie wieder etwas von ihren Kindern zu berichten. „Mein Peter steht vor der Konfirmation“, schrieb sie. „Es ist mir immer wichtig, daß er seine Aufgaben für die Konfirmationsstunde gut lernt und fehlerlos kann. Daher höre ich ihn ab. Nun war kürzlich irgendein Streit zwischen den Kindern ausgebrochen, deren Urheber Peter war. Ich bin sehr erregt und zornig dazwischengefahren und habe ihm in großem Zorn eine heftige Ohrfeige gegeben. Als ich am Abend an sein Bett kam, um mit ihm zu beten, merkte ich sofort, daß er voller Trotz und gänzlich unzugänglich war. Das empörte mich aufs neue, und ich sagte zu ihm: ‚Du hast wahrhaftig keinen Grund, dich so zu benehmen, nachdem du heute so ungezogen gewesen bist.‘ Da drehte er, der mir den Rücken gewandt hatte, sich plötzlich zu mir herum: ‚Ich will dir mal was sagen: Zuerst hast du mit mir die Stelle von der sanftmütigen Bestrafung aus dem Konfirmandenbüchlein gelernt, und dann bist du so wütend geworden. Das ist auch nicht richtig.‘

Im ersten Augenblick war ich geradezu empört und schon im Begriff, ihm dieses auch in kräftigen Worten zu sagen. Dann aber besann ich mich. Ein kurzer Augenblick des Inmichgehens genügte, und ich erkannte: Der Junge hat ja recht. Es ist mir nicht ganz leicht gewesen, dieses vor ihm zuzugeben, wahrscheinlich hätte ich es früher nicht vermocht, aber ich erinnerte mich dessen, was Sie uns an einem Abend, wo wir über Erziehungsfragen im Müttererholungsheim gesprochen, gesagt hatten: ‚Suche nicht immer die Schuld und das Versagen bei deinen Kindern, sondern suche sie ruhig auch einmal bei dir!‘ — — Und so sagte ich: ‚Peter, es ist wahr, ich habe mich zum Zorn hinreißen lassen, und das war nicht recht. Ich habe dir damit nicht gedient. Und weil ich das jetzt einsehe, darum bitte ich dich, verzeih mir! Ich will mich in Zukunft bemühen, in Augenblicken, wo ich dich strafen muß, nicht unbeherrscht zu sein.‘ Mit großen Augen sah mich mein Junge an, und plötzlich warf er seine Arme um meinen Hals und sagte: ‚Ach nein, Mutter, ich weiß ja, daß ich schuld war. Ich will mir Mühe geben, daß ich dich nicht mehr so viel ärgere.' — — Ich mußte Ihnen das schreiben, liebe Frau Sonnheld. Ich weiß, Sie freuen sich mit mir. Wie recht haben Sie gehabt, als Sie sagten: ‚Die besten und tiefsten Erkenntnisse kommen aus der Stille'."

Auch den letzten Brief nahm die Heimleiterin noch einmal zur Hand. Er war von Frau Hinner, einer Kriegerwitwe, die täglich viele Stunden in der Fabrik an einer Maschine stand, um es zu ermöglichen, daß ihre beiden Jungen eine gute Ausbildung erhielten. Sie schrieb unter anderem: „... Es ist mir nicht ganz leicht gefallen, nach den geruhsamen herrlichen Tagen im Müttererholungsheim mich wieder an die Geräusche der Fabrik und den dort herrschenden rauhen Ton zu gewöhnen. Weil ich mich aber um keinen Preis davon niederdrücken lassen wollte, habe ich während der Arbeit vor mich hin unser Lied ‚Sieh, ich habe dir geboten, freudig und getrost zu sein' gesungen. Das gefiel einer meiner Mitarbeiterinnen so gut, daß sie mich bat, es sie zu lehren. Nun sangen wir es zu zweit. Nach ein paar Tagen stimmte eine dritte mit ein, und denken Sie, jetzt singt unser ganzer Saal das Lied, Männer und Frauen, und manch einer ist dadurch zum Nachdenken gekommen. Ich habe angefangen, meine Mitarbeiter mit ganz anderen Augen als früher zu betrachten. Unter der rauhen Schale der scheinbaren Oberflächlichkeit schlägt oft ein sich nach dem Guten sehnendes Herz, und manchesmal liegt es daran, daß sie niemand haben, der ihnen hilft, ihre Gedanken auf gute Wege leitet und die Sehnsucht nach dem Göttlichen, die ja auch in ihnen lebt, weckt und nährt. — Mir ist es klar geworden, daß gerade wir Frauen da eine wichtige Aufgabe haben. Mancher Mann wäre auf einen besseren Weg gekommen, wenn ihm eine saubere, anständige Frau, vor der er hätte Achtung haben können, zur rechten Zeit begegnet wäre. — Ich schäme mich oft für manche meiner Mitarbeiterinnen, wie schamlos und minderwertig sie sich den Männern gegenüber benehmen. Schon jetzt ist es mir entsetzlich, zu denken, daß meine beiden Jungen in späteren Jahren einmal solchen Mädchen begegnen und unter ihren verderblichen Einfluß geraten können. Wie wichtig ist es doch, daß Mütter ihren Kindern auch durch ihr Vorbild die Schönheit und Würde eines reinen Lebens zeigen, so daß sie in den sexuellen Problemen nicht das sehen, was der gefallene Mensch daraus gemacht hat, sondern was sie nach Gottes Willen sein sollen. — Jedenfalls gehe ich jetzt mit ganz anderer Freudigkeit an jedem Morgen in meinen Fabriksaal, seitdem ich erkannt habe, daß ich Aufgaben an meinen Mitarbeitern zu erfüllen habe, und sei es nur, daß sie etwas von meiner Gesinnung und der mir aus Gott gewordenen Erkenntnis spüren."

Frau Sonnheld schaltete das Licht aus. Aber auch jetzt wollte sich der Schlaf noch nicht so schnell einstellen. — „Meine Frauen, meine tapferen Frauen und Mütter", dachte sie. „Welch schweren, einsamen Kampf müssen viele von ihnen durchfechten, aber wie wacker halten sie sich! Bewundernswerte Heldinnen des Alltags!" — Und immer wieder versetzte es sie in Erstaunen, wie sie Worte fanden, ihre Gedanken und Empfindungen auszudrücken. Natürlich hatte sie auch schon andere als solche Briefe bekommen. Sie dachte an die offene Postkarte, auf der jene Bäuerin an sie geschrieben hatte: „Bin gut zu Hause angekommen. Mit dem Vieh war alles in Ordnung, die jungen Schweine gedeihen prächtig. Auch mit meinem Mann und den Kindern ging es. Ich wünschte, daß alle zusammen einmal zu Ihnen ins Heim kämen. Es täte ihnen gut." — —

Oder der Brief von dem achtzigjährigen Blümchen. Sie hieß Frau Blum und war ein Original. Alle Frauen im Erholungsheim nannten sie nur Blümchen. Mit Vorliebe sprach sie in Reimen. Und so schrieb sie:

„Aus Ihres Heimes guter Luft
Verbreitet einen feinen Duft
In ihrem Haus bei ihrem Mann,
Auf daß auch der sich bessern kann,
Ihr Blümchen,

das während seines Aufenthaltes im Müttererholungsheim viel gelernt hat." — —

In den ersten Tagen ihres Hierseins war Frau Blum nämlich nicht mit allem einverstanden gewesen. Besonders an der Bibelarbeit hatte sie allerlei auszusetzen gehabt. Als Frau Sonnheld einmal vorlas: „Wir sind allzumal Sünder und mangeln des Ruhms, den wir bei Gott haben sollten", da hatte sie fast entrüstet dazwischengeredet: „Aber ich nicht — ich bin eine rechte Frau. Mit mir kann der liebe Gott wohl zufrieden sein, wo ich doch jeden Sonntag zur Kirche gehe und immer so viel Gutes tu."

Frau Sonnheld hatte sich veranlaßt gefühlt, die Geschichte von jener Frau zu erzählen, die geträumt habe, sie sei gestorben. Als sie voller Erwartung an der Himmelstür geklopft habe, sei diese von Christus selbst geöffnet worden, und er habe sie gefragt: „Was möchtest du hier?“ Da habe sie ganz erstaunt, und fast ein wenig entrüstet ob dieser Frage, deren Beantwortung doch eigentlich selbstverständlich war, gesagt: „In den Himmel natürlich“, worauf der Herr Christus erwidert habe: „Aber ich kenne dich nicht!“

„Du kennst mich nicht? Das ist doch unmöglich. An jedem Sonntag bin ich in der Kirche gesessen, immer am gleichen Platz, das weiß die ganze Gemeinde. —

Und am Montag war ich in der Singstunde des Kirchenchors.

Am Dienstag im Frauenverein.

Am Mittwoch in der Bibelstunde.

Am Donnerstag habe ich regelmäßig meine Besuche im Krankenhaus gemacht.

Am Freitag war ich im Missionsbund.

Und am Samstag habe ich geholfen, die Kirche für den Sonntag zu reinigen und zu schmücken. — Und Du sagst, Du kennst mich nicht?“ Fast vorwurfsvoll fragte die Frau. — Da hatte der Herr sie sehr ernst angesehen und geantwortet: „Und doch ist es so; denn immer, wenn ich dich besuchen und mit dir reden wollte, hattest du keine Zeit für Mich.“

Damals war auch Frau Blum mit den anderen Frauen tief bewegt gewesen. War es nicht bei vielen so, daß sie bei aller Arbeit und Betriebsamkeit nicht zur Stille, zur inneren Einkehr, zur Selbstbesinnung und Versenkung in den Willen Gottes fanden? — — Ja, das Blümchen, dachte Frau Sonnheld, als diese verschiedenen Bilder an ihrem inneren Auge vorüberzogen in der Stille der nächtlichen Stunden. Und plötzlich hätte sie fast laut gelacht. Sie sah das Blümchen mit der Goldkrone auf dem Haupt vor sich. Die alte Frau war nämlich über die Weihnachtszeit im Müttererholungsheim gewesen und auch noch einige Wochen darüber hinaus. Von der Festgestaltung am Heiligen Abend und an den beiden Weihnachtsfeiertagen war sie so angetan gewesen, daß sie sich vornahm, wenn sie Ende Januar heimkäme, mit ihren Angehörigen, vor allem mit den Enkelkindern, noch einmal Weihnachten zu feiern. So hatte das Blümchen sich noch einen kleinen Tannenbaum besorgt, und weil ihr die im Krippenspiel vorkommende Weihnachtskrone so gut gefiel, hatte sie eine der Frauen gebeten, ihr doch auch eine Krone aus Goldpapier zu kleben.

Um diese im Omnibus nicht zu zerdrücken, hatte sie kurzerhand ihre Pelzmütze in die Handtasche gesteckt und die Goldkrone aufgesetzt und bei der Abfahrt voller Begeisterung gesungen: „Fröhliche Weihnacht überall!“ ohne sich im geringsten über das Lächeln der anderen zu wundern. — Einige Wochen später war ihr zwanzigjähriger Enkelsohn in der Nähe des Müttererholungsheimes gewesen und hatte, von ihr dazu aufgefordert, Grüße ausgerichtet. Da hatte er erzählt, wie die Großmutter es sich nicht hatte nehmen lassen, mit der ganzen Familie noch einmal Weihnachten zu feiern, wie sie überglücklich die Lichter an ihrer kleinen Tanne, die sie aus dem Filstal mitgebracht, angezündet hatte und in einem langen, altmodischen Nachthemd, mit der Goldkrone auf dem aufgelösten weißen Haar, alst achtzigjähriger Weihnachtsengel die Weihnachtsgeschichte vorgetragen habe. Und dieses sei mit einem solchen Ernst geschehen, daß niemand von ihnen gewagt hätte, auch nur darüber zu lächeln. — Ja, unser Blümchen! — Endlich schlief Frau Sonnheld ein. — — Ihr letzter Gedanke war: „Wie schön und befriedigend ist der Dienst an den mir anvertrauten Frauen und Müttern!“ —

*

„Ein Brief von Lenchen!“ Der älteste der Kümmelbuben riß die Küchentüre auf, wo die Mutter gerade dabei war, das Abendessen vorzubereiten. „Leg’ ihn hinüber in die Stube!“ gab die Mutter zur Antwort. „Ich kann ihn jetzt, beim Kartoffelpufferbacken, nicht lesen.“

„Dafür bin ich auch“, pflichtete der Zweitälteste bei, der beim Reiben der Kartoffeln helfen mußte. „Ich hab’ schon einen Bärenhunger.“

Am Feierabend, als des Tages Arbeit hinter ihnen lag, saßen Vater und Mutter Kümmel auf der Bank vor dem Kastanienbaum, umgeben von ihren vier Buben. Vereinzelte Erntewagen fuhren vorüber. Müde, aber froh des guten Wetters, das ungestörte Erntetage ermöglicht hatte, strebten die Menschen heimwärts. Gemütvolles Grüßen herüber und hinüber. Einer kannte den anderen, einer wußte um Freud und Leid des anderen in diesem kleinen Dorf. Geringfügige Ärgernisse und Uneinigkeiten vermochten das gute Einvernehmen nicht zu stören. Man brauchte einander und konnte sich daher dauerhafte Streitigkeiten nicht leisten.

„So, schon Feierabend?“ grüßte der Lenzhaldenbauer, als er mit seinem hochgepackten Wagen vorbeizog. Vater Kümmel nickte. „Ja, wir sind mit unseren paar kleinen Äckern schneller fertig als Ihr.“

Hinter der Hügelkette verschwand die Sonne und färbte noch einmal das Bild der Landschaft mit goldleuchtendem Schimmer. In allen Farben glühten die hochsommerlichen Blumen in den Gärten auf. Das Kraut der Kartoffeln duftete bereits nach Herbst und kommender Ernte. Beruhigendes Sattsein erfüllte die Luft. Es war ein friedsamer Abend. Aus der Mitte des Dorfes drang das Geläut der Abendglocke herüber. Eltern und Kinder falteten die Hände zu stillem Vaterunser, der alten schönen Sitte treu. Die Buben waren allerdings rascher damit fertig als die Eltern.

„Nun lies doch Lenchens Brief vor, Mutter!“ drängte Hans. Behutsam zog Frau Kümmel eine Haarnadel aus dem noch blonden, vollen Haarknoten, um den Umschlag sorgsam zu öffnen. Die Gesichter der vier Jungen waren ihr erwartungsvoll zugewandt, während der Vater in ruhigem Gleichmaß sich seine Pfeife stopfte. Frau Kümmel las:

Liebe Eltern!

Es ist ein Wunder geschehen. Ich kann es oft gar nicht glauben. Aber schuld ist die kleine Dorothea. Wie ein Sonnenstrahl ist sie in unser Haus gehuscht. Nun will ich Euch alles der Reihe nach erzählen. Ich weiß jetzt genau, wie alles ist. Fräulein Liebfrau hat mir nämlich alles erzählt, weil ich mich überhaupt nicht mehr auskannte. —

Also, es stimmt gar nicht, daß alle drei Kinder tot sind. Die Frau Sanitätsrat hat noch eine Tochter, aber mit der hatte sie sich anscheinend entzweit. Die durfte jahrelang nicht heimkommen. Als Fräulein Liebfrau die kleine Dorothea zu uns ins Haus brachte, wußte sie gar nicht, daß es ihre Enkeltochter sei. Nun ist's herausgekommen, als ich der Kleinen bei dem schweren Gewitter das Kleidchen von Frau Bornknechts Tochter angezogen habe. Von dem Tag an ist alles anders geworden. Ich hatte doch Deinen Brief, Mutter, im Garten liegen lassen, und sie hat ihn gefunden. Mir ist damals ganz schlecht geworden, als ich mir vorstellte, was danach kommen würde. — Aber als das Kind dann im Haus war, ist Frau Bornknecht ganz anders gewesen. Über den Brief wurde überhaupt nicht mehr gesprochen. Die Kleine ließ sie nicht mehr fort, und die stellt jetzt das ganze Haus auf den Kopf. Und die Frau Sanitätsrat fügt sich dem kleinen Ding. — Sie hat bestimmt, daß ich mit am Tisch essen soll. Und die Großmutter hat es erlaubt. Sie sagt zwar zu mir, damit ich ihr behilflich sein kann beim Füttern und Bedienen des Kindes. Aber die und füttern! So was ist mir noch nicht begegnet. Gleich bei der ersten Mahlzeit sagte sie: „Oma, wir haben noch nicht gebetet. Mein Vati sagt, nur die Kühe und Schweine gehen gleich an ihren Freßtrog. Der liebe Gott wartet darauf, daß wir ihm dankeschön sagen." Und tatsächlich, sie durfte ein Tischgebet sprechen. Ihr könnt Euch garnicht denken, wie mir zumute war, weil ich es doch auch von zu Hause gewöhnt bin. — Als ich meinen Teller leer gegessen hatte, sagte sie: „Oma, die Helene hat nichts mehr zu essen. Gib ihr nochmal." — Bis dahin hatte Frau Bornknecht mir in der Küche eben einmal ordentlich ausgeschöpft. Ob ich vielleicht nachher gerne noch einmal etwas gegessen hätte, danach wurde nicht gefragt. — Sonst war es bei uns so still wie in einer Grabkammer. Jetzt singt und lacht es den ganzen Tag. Dorothea hat nicht Ruhe gelassen, bis ihre Großmutter sich ans Klavier gesetzt und ihr was vorgespielt hat. Und als ich hereinging, um den Tisch zum Nachtessen zu decken, saß sie da und spielte, und über ihr Gesicht liefen Tränen. Die Kleine aber stand mit gefalteten Händchen daneben und sang mit ihrem hellen Stimmchen „Breit aus die Flügel beide, o Jesus, meine Freude." — — Es kann aber auch vorkommen, daß Dorle die Türe zur Küche aufreißt und schreit: „Lenchen, komm herein, wir brauchen noch einen Jäger! Bring' den Besen mit, das ist dein Gewehr! Wir spielen nämlich Rotkäppchen." Da nützt es nichts, daß ich mich dagegen wehre und sage, ich hätte keine Zeit. Die Kleine ist so zäh, die läßt nicht nach. So geh ich halt mit meinem Besen hinein, und da sitzt die Frau Sanitätsrat im Sessel und hat eine weiße Haube auf dem Kopf. Wo sie die auf einmal hergekramt hat, weiß ich auch nicht, und Dorle jauchzt: „Die Oma ist die Großmutter, du bist der Jäger, und ich Rotkäppchen, und wenn jetzt Tante Maria kommt, muß sie der Wolf sein." Einmal kam ich dazu, wie Frau Bornknecht auf dem Boden auf Händen und Füßen herumkroch und Dorothea mit ihrer Puppe im Arm rittlings auf ihr saß und immer „Hü“ und „Hott“ schrie. „Die Oma ist mein Esel“, sagte sie. „Ich bin Maria, und wir sind auf der Flucht nach Ägypten. Komm, Lenchen, du mußt der Joseph sein.“ Aber ich habe gleich die Türe wieder zugemacht, weil ich die Frau Sanitätsrat nicht in Verlegenheit bringen wollte. — Als am Nachmittag Fräulein Liebfrau kam, hörte ich diese fragen: „Ist es dir wirklich nicht zu viel mit dem Kind? Soll ich es nicht lieber wieder zu mir nehmen?“ Aber Frau Bornknecht antwortet: „Nein, auf keinen Fall. Ich werde durch Dorle wieder jung.“ Liebe Eltern, seitdem das Kind da ist, gefällt es mir viel besser hier. Frau Bornknecht ist auch zu mir viel freundlicher. Einigemal habe ich sie schon richtig lachen hören. Allerdings habe ich nun noch mehr Arbeit. Aber das macht mir nichts aus. Arbeit mit Freude ist erträglich, aber Arbeit ohne Freude ist nicht auszuhalten. —

Wie geht es Euch? Liebe Mutter, Du wolltest doch einmal kommen. Bring doch einen oder zwei der Buben mit! Ich habe so Sehnsucht nach Euch allen. Aber ganz so unglücklich bin ich doch nicht mehr. Schreibt mir bald wieder und seid herzlich gegrüßt von

Eurem Lenchen.

Frau Kümmel faltete den Brief wieder zusammen, — alle vier Buben schrien: „Ich will mit, ich will mit, wenn du zum Lenchen fährst, Mutter!“ Und Vater Kümmel sagte bedächtig: „Ja, ja, der liebe Gott hat wunderbare Mittel und Wege und kann sich auch eines kleinen Mädchens bedienen, um das Herz einer alten, verbitterten Frau zu erweichen." — —

*

Fräulein Mathilde, die Haushaltshilfe in dem Gartenbaugeschäft Walter, klopfte an die Bürotüre. Bernt Walter saß über den Büchern gebeugt und hob den Kopf.

„Ja!"

„Ich störe nur ungern, Herr Walter, aber eine Dame möchte Sie dringend sprechen. Ich habe sie ins Wohnzimmer geführt."

„Was möchte sie denn? Handelt es sich um das Anlegen eines Gartens? Das kann doch der Obergärtner entgegennehmen. Ich möchte jetzt nur ungern die Buchführung, an der ich gerade bin, beiseite legen."

„Die Dame möchte Sie unbedingt selbst sprechen in einer persönlichen Angelegenheit."

„Gut, ich komme!"

Am Fenster des einfachen, aber geschmackvoll eingerichteten Wohnzimmers in dem hübschen Einfamilienhaus der Familie Walter stand Frau Bornknecht. Wohl brannten Flecken der Erregung auf ihren Wangen, aber der Zug ernster Entschlossenheit trat noch stärker hervor. Sie war gekommen, um ihr Unrecht gutzumachen. Auf dem Klavier stand das Familienbild ihrer Tochter. In tiefer Bewegung nahm sie es in die Hand. Tränen traten in ihre Augen. Mehr als fünf Jahre hatte sie Gerthilde nicht gesehen. — — „Du siehst aus, als habest du gelitten", dachte Frau Bornknecht, „und doch spricht aus deinen Zügen eine Reife und eine Tiefe, die mir zeigt, daß du mir, deiner Mutter, in manchem überlegen bist. Und wie gut und klar ist der Gesichtsausdruck deines Mannes! Wie konnte ich nur so unansprechbar sein! — Blind und verstockt bin ich gewesen. Gott sei Dank, daß ich noch Gelegenheit habe, gut zu machen!" Nun blieb ihr Blick auf dem Kind haften. Dorle, damals nicht mehr als zwei Jahre alt. — „Kleines, liebes Dorle!" flüsterte Frau Bornknecht. „Du mußtest erst kommen, um das verstockte, bittere Herz deiner Großmutter umzustimmen." —

In diesem Augenblick öffnete sich die Türe, und Bernt Walter, groß und aufrecht, stand vor ihr. Er war eine stattliche Erscheinung, obgleich die Spuren schwerer Arbeit nicht verborgen blieben. — Fragend blickte er die vor ihm stehende Dame an. Sie trat einen Schritt näher. Tiefe Bewegung sprach aus ihrer Stimme, als sie beide Hände ausstreckte und sagte: „Ich bin Frau Bornknecht — ich komme, um gut zu machen und um Verzeihung zu bitten." —

Bernt Walter erbleichte. „Gerthilde!" war sein erster Gedanke. Dann leuchtete es in seinen Augen froh auf. Beide ihm entgegengestreckten Hände faßte er und sagte in Ergriffenheit: „Mutter — liebe Mutter!" —

Und die selbstsichere, stolze Frau lehnte den Kopf an die Schulter des Mannes und weinte. — Er aber bat: „Laß mich deinen Sohn und eine Stütze deines Alters sein!"

Etwa eine Stunde später führte Bernt Walter Frau Bornknecht seinem Vater zu. Von Ehrfurcht ergriffen saß diese am Bett des Gelähmten. Welch ein Friede strömte von diesem Kranken aus! Aus seinen klugen Augen sprach Güte und Verstehen. All das schwere Erleben seiner Vergangenheit, der Verlust seiner über alles geliebten Frau, das Zurücklassen der Heimat, seines ganzen Besitzes, die schwere, unheilbare Krankheit hatten nicht vermocht, sein Herz mit Bitterkeit und Auflehnung zu erfüllen. Nur mühsam konnte er seine Hand heben, um Frau Bornknecht zu begrüßen. „Wie dankbar bin ich", sagte er leise, denn die Lähmung begann auch auf seine Stimmbänder überzugehen, „daß ich diesen Tag noch erlebe und die Mutter unserer Gerthilde kennen lerne! — Sie ist mir lieb wie eine eigene Tochter — und wenn Sie, Frau Bornknecht, erst unseren kleinen Sonnenschein Dorothea kennen lernen . . ."

„Ich kenne sie ja schon", unterbrach sie ihn freudig erregt, und in ihren Augen leuchtete großmütterlicher Stolz auf. Seit einigen Tagen ist Dorle bereits in meinem Hause. Und sie war es, die mir zurechtgeholfen hat. ‚Oma, du mußt zu meinem Vati fahren und auch nach dem Opa sehen. Der ist so lieb und krank.' — Aber nicht nur das, sondern das Kind hat mir, ohne dieses natürlich zu wissen, innerlich zurechtgeholfen: ‚Oma, wir müssen beten. Daheim beten wir auch alle. Vati, Mutti und der Opa. Oma, warum bist du kein bißchen froh? Warum singen wir nicht miteinander? — Oma, warum hast du uns noch nie besucht? Die Mutti wartet jeden Tag, und der Vati sagt: Man kann es nur dem lieben Gott sagen! Aber Oma, nicht wahr, du kommst doch, wenn wir das Brüderlein haben!' — — So und ähnlich ging es immerfort, bis ich es einfach nicht mehr aushalten konnte. Und so habe ich mich heute auf den Weg gemacht, um zu diesem Vati und zu dem Opa zu gehen. Am liebsten wäre ich allerdings sofort zu meiner Tochter gefahren. — Ach, wie lange bemühte ich mich vergebens, die Sehnsucht nach ihr in mir zum Schweigen zu bringen, aber sie meldete sich immer stärker und zwingender. — Gerthilde ist schließlich mein Kind. Ich aber glaubte in meiner Verblendung, ich könnte mich lossagen von ihr, bis Dorothea zu mir kam und mir die Binde von den Augen riß. — — Gott, wie konnte ich nur so blind sein! — — Nachdem ich aber hier war, hält mich nichts mehr zurück. In den nächsten Tagen will ich ins Filstal fahren, um Gerthilde in meine Arme zu schließen. — Mir ist's, als sei mir mein Leben neu geschenkt. Jetzt weiß ich wieder, wofür ich da bin. Und wahrlich, ich will nicht zu stolz sein, auch meine Tochter um Verzeihung zu bitten!"

Tief bewegt hatten Vater Walter und sein Sohn das Bekenntnis der Frau gehört. Nur einmal hatte der alte Mann sie unterbrochen, als sie den Namen der Enkeltochter aussprach. „Dorothea — kleine Gottesgabe!" sagte auch er flüsternd, und eine Freudenträne rann in seinen weißen Bart. —

Frau Bornknecht blieb zwei Tage im Hause des Schwiegersohns, den sie sehr bald als einen prächtigen, klugen Menschen, vor allem aber als einen geraden, bewußten Christen kennen lernte. — Mathilde war stolz darauf, Frau Bornknecht einen tadellos geordneten Haushalt vorzuweisen. Wohl war der Anfang in der jungen Ehe sehr bescheiden gewesen, aber Fleiß und

Sparsamkeit hatten bereits wieder einen gewissen Wohlstand gesichert.

„Und Überfluß brauchen wir nicht“, sagte Bernt. „Es wäre schlimm, wenn der Krieg, die Flucht, die Gefangenschaft und all die anderen schweren Erlebnisse uns nicht neue, wertvolle Erkenntnisse geschenkt hätten. — Der Sinn der erlittenen Verluste muß uns zum Gewinn werden, sonst haben wir die ernste Sprache Gottes nicht verstanden.“ —

Am letzten Abend führte Bernt die Schwiegermutter noch einmal durch den Garten, der ein Muster von Fleiß und künstlerischer Gestaltungsfähigkeit war. Spätrosen blühten in unglaublicher Fülle, Sonnenblumen strahlten in leuchtendem Gold, Wicken, Löwenmaul, bunte Herbstastern in allen Farben, flammende Gladiolen, kurz, alles, was der Sommer zu geben vermochte, schien hier in harmonischer Vielfalt vereint zu sein.

„Ich habe gar nicht gedacht, daß eure Gärtnerei so groß ist“, sagte Frau Bornknecht und schämte sich bereits ihrer ausgesprochenen Worte. Daß doch nur Bernt nicht denken möchte, sie taxiere ihn noch wie vor Jahren nach seinem äußeren Besitz! —

„Gegen unsere Gärtnerei in Ostpreußen ist diese allerdings klein“, antwortete Bernt, „aber durch die Gartenbauarbeiten haben wir außerhalb viel mehr zu tun als hier. Wir haben immerhin jetzt sieben Angestellte und zwei Lehrlinge.“ Er sagte es nicht in Überheblichkeit, aber doch in sichtbarer Freude, seiner Schwiegermutter beweisen zu können, daß ihre Tochter versorgt sei. „Ich habe ebenfalls bejaht, was ein Leben lang meines Vaters

Grundsatz gewesen ist: ‚Wenn wir die Interessen Gottes zu den unsrigen machen, so macht er die unsrigen zu den seinen.‘ — Es ist für Gott ein kleines, uns zu geben, was wir für unseres Leibes Notdurft gebrauchen.“ —

*

„Frau Sonnheld, Sie möchten gleich ans Telefon kommen!“ Fräulein Maydorn hatte die Türe zum Speisesaal, in dem die Heimleiterin soeben mit den Frauen bei der Bibelarbeit war, nur einen Spalt geöffnet.

„Muß ich unbedingt selbst kommen?“ fragte diese zurück. Nur ungern ließ sie sich bei der Bibelbesprechung stören. Die Frauen waren ohne Ausnahme alle ganz bei der Sache, nachdem einige von ihnen die erste Scheu vor der Bibelarbeit verloren hatten.

„Zuerst bin ich beinahe vor diesem Wort erschrocken.“ Mehr als eine Mutter hatte ihr das gestanden, „schließlich sind wir ja nicht hierher gekommen, um zu arbeiten, — und nun Bibel-Arbeit? Ich konnte mir darunter überhaupt nichts vorstellen und nahm mir vor, unter gar keinen Umständen hier mein Inneres vergewaltigen zu lassen. Aber jetzt weiß ich, was Bibelarbeit bedeutet, und bin so froh darüber. Ja, wenn ich die Bibel früher in dieser Weise betrachtet hätte, sie wäre mir nicht so lange ein verschlossenes Buch geblieben.“ Erst gestern hatte eine junge Frau wieder so gesprochen. Bei ihrem Dienst an den Frauen war gerade die Bibelarbeit Frau Sonnheld das Wichtigste. Aber wenn Fräulein Maydorn jetzt extra zu ihr hereinkam und sie ans Telefon bat, mußte schon ein triftiger Grund dafür vorhanden sein.

„Ich muß mich leider einen Augenblick entschuldigen“, sagte Frau Sonnheld zu ihren Frauen. „Singt doch inzwischen noch einmal ‚unser Lied‘!“ — Gleich darauf klang es dreistimmig durchs Haus: „Sieh, ich habe dir geboten, freudig und getrost zu sein!“

Man fragte an, ob die Möglichkeit bestände, noch zwei Frauen aufzunehmen, die sofort untergebracht werden sollten. Die eine hatte einen Nervenzusammenbruch erlitten, die zweite einen Selbstmordversuch gemacht.

Nach kurzer Beratung mit Fräulein Maydorn sagte Frau Sonnheld zu. „Wir haben zwar jedes Bett im ganzen Haus belegt, aber in solchen Ausnahmefällen müssen wir eben Platz schaffen. Die eine der beiden Frauen legen wir ins ärztliche Untersuchungszimmer, und für die zweite stellen wir ein drittes Bett in eines der großen Doppelzimmer.“

„Wer hätte gedacht, daß unser neuerbautes Haus schon nach so kurzer Zeit nicht mehr ausreichen würde!“ sagte Fräulein Maydorn. „Aber jede unserer Frauen ist ein neuer Beweis dafür, daß unsere Müttererholungsheime einem großen Bedürfnis entsprechen.“

Noch am gleichen Tag wurden die angemeldeten Frauen von einer Diakonisse gebracht. Beide waren sie noch recht jung. Aus beider Augen sprach Verzweiflung und Hoffnungslosigkeit. Frau Söttling, die den Selbstmordversuch gemacht hatte, wurde in das Untersuchungszimmer gelegt. Auch Frau Bohl bekam ein Einzelzimmer. Die bisherige Bewohnerin trat es freiwillig ab und zog zu den beiden anderen Frauen, in deren Zimmer man noch ein weiteres Bett gestellt hatte. —

Frau Söttling war sofort in einen tiefen Schlaf gefallen. Als die Heimleiterin sie gefragt hatte, ob sie irgend etwas für sie tun könne, hatte sie nur den Kopf geschüttelt. „Nur schlafen will ich, nichts, als schlafen." „Armes Kind!" dachte Frau Sonnheld, „du suchtest Vergessen von all dem Schweren und konntest dem Leben doch nicht entfliehen. Wie entsetzlich war dein Erwachen!" — Während die junge Frau und ihr ältestes Kind, ein dreijähriges Mädchen, durch die Kunst der Ärzte wieder zum Leben zurückgerufen werden konnten, war ihr einjähriges Bübchen der Gasvergiftung erlegen. — Frau Sonnheld wußte von einem ähnlichen Fall, daß dieser Tat noch eine Anklage auf Mord folgen würde. — Arme junge Mutter! Nicht genug, daß du jetzt dein Kindchen nicht mehr hast, sondern eventuell auch noch mit einer Gefängnisstrafe rechnen mußt! Noch sind es keine vier Jahre her, daß ihr, du und dein Mann, euch ewige Treue gelobtet. Nun habt ihr euch schon so auseinandergelebt, daß du vorzogst, lieber aus dem Leben zu scheiden mit deinen Kindern, als noch länger mit ihm vereint sein zu müssen. — — Ob du wohl nicht bedacht hast, daß nach dem Tode das Leben nicht zu Ende ist? — Armes, junges Kind! Noch einmal beugte sich Frau Sonnheld über die Totenblasse, auf deren Gesicht die Spuren des versuchten Selbstmordes erschreckend zu sehen waren. —

„Schlafen, nur schlafen!" flüsterte die junge Frau aufs neue. In ihrer ganzen Art und Haltung war angstvolle Abwehr zu lesen. Nichts mehr wissen, alles vergessen, — untertauchen können! — —

Als sich die Frauen des Heimes an diesem Abend wie üblich in der stillen, kleinen Hauskapelle versammelten, merkten sie sofort der Heimleiterin tiefste Bewegung an. Sie trat zwar wie üblich in ihrem schwarzen Kleid, das sie beim Dienst in der Hauskapelle trug, vor den Altar, um dort die Kerzen zu entzünden. Wie immer, so war auch heute der Altar mit Blumen geschmückt. Erwartende, ehrfürchtige Stille lag über dem kleinen Raum. Am Anfang hatten etliche Frauen sich darüber gewundert, hier im Müttererholungsheim einen solchen zu finden. Aber bald empfanden sie selbst die hier weilende Stille wohltuend. Frau Sonnheld legte großes Gewicht darauf, daß in der Hauskapelle kein unnötiges Wort gesprochen wurde. Ihrer Ansicht nach war die Unruhe eines der größten Hindernisse im Leben dieser vielbeschäftigten Mütter, deren Hauptwort immer war: „Ich habe keine Zeit!“ Hier hatten sie nun Zeit. Und diese Zeit mußte ausgenutzt werden. Sie sollten es lernen, auf die Sprache der Stille, vor allem auf Gottes Stimme, zu hören. So pflegte sie bewußt die Atmosphäre der Hauskapelle. Sie wußte: nicht von dem geschmückten Altar mit seinen brennenden Kerzen, nicht von dem aufgerichteten Kruzifix konnte sie mit ihren Frauen Hilfe erwarten, aber es war ihr klar, sie würden den Weg zur wahren Hilfe eher finden, wenn sie erst einmal dahin kamen, ganz, ganz stille zu werden. — Darum sagte sie oft vor einer solchen Abendandacht in großem Ernst langsam und deutlich das Wort: „Gott ist gegenwärtig, lasset uns anbeten und in Ehrfurcht vor ihn treten.“ Mochte ruhig auch der

Raum, der geschmückte Altar und die wohltuende Stille dazu beitragen, die Frauen zur Sammlung zu bringen! Frau Sonnheld sprach den Altarspruch:

„Kommt, laßt gemeinsam uns nun stille sein,
Und Hand in Hand vor unsern Altar treten!
Wir wissen's alle: dort ist Heiligtum,
Und Kraft wird uns geschenkt aus stillem Beten.
Es strahlt von ihm ein wundersames Leuchten aus.
Kommt, laßt die Seelen uns von diesem füllen!
Die Herrlichkeit des Herrn durchdringe unser Haus,
Und laßt uns untertänig werden seinem Willen!
Kommt, laßt gemeinsam uns nun stille bleiben
Und Hand in Hand vor unserm Altar stehn!
Die Not des Alltags wird uns nicht aufreiben,
Wennn wir sein Leuchten lassen mit uns gehn!"

„Liebe Schwestern!" sagte Frau Sonnheld. „Es sind heute wieder zwei Frauen zu uns gekommen, die von der Not des Alltags aufgerieben worden sind. Sie haben den Glauben an das Leben verloren. Wir wollen sie mit liebevollem Verständnis in unseren Kreis aufnehmen und ihnen helfen, wieder zu hoffen und zu glauben. Laßt uns ihnen als Schwestern begegnen, eingedenk des Wortes: ‚Einer trage des anderen Last, so werdet ihr das Gesetz Christi erfüllen'!"

Und dann beugten sich all diese Frauen in der stillen Hauskapelle, um der beiden Neuen fürbittend zu gedenken; und es waren nur wenige, die nicht von ganzem Herzen dabei waren. —

Als es schon längst im Hause still geworden war,

drang noch immer heftiges Schluchzen aus Frau Bohls Zimmer. Sie schien keine Ruhe zu finden. Schließlich ging Frau Sonnheld zu ihr hinein und setzte sich still an ihr Bett. Eine ganze Weile sprach sie kein Wort, sondern legte nur ihre Rechte auf die zuckende Hand der Erregten.

„Meinen Sie nicht, daß Sie schlafen können?“ fragte sie schließlich. „Soll ich Ihnen einige beruhigende Tropfen geben?“ Heftig verneinend schüttelte Frau Bohl den Kopf. „Nein, nein, man hat mir in den letzten Nächten so viele Schlaftabletten verabreicht, daß ich mir beinahe wie vergiftet vorkomme. Und wenn ich dann nach schwerem Schlaf wieder aufwache, fällt das Ganze nur noch unerträglicher über mich her.“

„Was ist es, was über Sie herfällt? Ich kann zwar nicht erwarten, daß Sie mir, die Sie mich ja gar nicht kennen, schon jetzt Ihr Vertrauen schenken, aber wenn es Ihnen Erleichterung bringen sollte, so will ich Sie gerne anhören und versuchen, Ihnen zu helfen, oder doch wenigstens Ihnen zu raten.“

Aus tränennassen Augen blickte die junge Frau prüfend in das Gesicht der Heimleiterin. Dann sagte sie: „Doch, Sie sehen aus, als könne man Ihnen vertrauen, und gewiß würden Sie nicht den Platz in diesem Hause einnehmen, wenn man Ihnen nicht die Fähigkeit zutrauen würde, den Ihnen anbefohlenen Frauen zu helfen. Sicher kommt manche hierher, die einen schweren Sorgenpacken trägt. Aber so schwer, wie der, welcher mir auferlegt wurde, ist gewiß keiner.“ Sie begann aufs neue heftig zu weinen.

„Haben Sie wohl vorhin gehört, was wir im Andachtsraum sangen?“ fragte Frau Sonnheld. „Und kennen Sie das Lied?“ Frau Bohl nickte. „Befiehl du deine Wege ... ach ja, ich kenne es wohl. Ich bin nämlich Pfarrerstochter. Meine Eltern sind zwar beide schon lange tot, haben mich aber christlich erzogen. Jedoch, wie das so ist, man entfernt sich oftmals von dem rechten Weg. Und sehen Sie, in dem, was mich jetzt betroffen hat, kann selbst Gott mir nicht helfen.“

„Bitte, erzählen Sie!“

Es dauerte aber noch eine ganze Weile, bis Frau Bohl sich so weit gefaßt hatte, daß sie ruhig und zusammenhängend reden konnte:

„Ich war Kindergärtnerin. Nachdem ich zwei Jahre im Beruf stand, lernte ich einen Mann kennen, der ganz dem Idealbild entsprach, das ich mir von einem Lebensgefährten vorgestellt hatte. — Er war Flüchtling und schon einmal verheiratet gewesen. In den letzten Tagen vor Kriegsende hatte er ein Telegramm erhalten, seine Frau und seine zwei Söhne seien während eines Fliegerangriffs ums Leben gekommen. Es war in jener Zeit, da alles drunter und drüber ging. Da er seine Frau und die Kinder innig geliebt hatte, trug er schwer an diesem Verlust. Dann geriet er in Gefangenschaft, aus der er nach einem Jahr entlassen wurde. Nun war er heimatlos und hatte keinen Menschen mehr, zu dem er gehörte. In die Heimat, die jetzt von fremden Truppen besetzt war, wollte er nicht zurück. Von seiner Mutter und den Geschwistern wußte er schon lange nichts mehr. — So lernten wir uns kennen. Ich hatte Möbel und auch etwas erspartes Geld von meinen Eltern geerbt. Wir gründeten ein Geschäft. Es ging uns nicht schlecht. Wir lebten sehr glücklich miteinander. Rasch hintereinander wurden uns vier Kinder geschenkt. Die jüngsten sind Zwillinge. Mein Mann, auf dem durch all das Erlebte ein seelischer Druck gelegen hatte, begann aufzuatmen. Sein ganzes Herz hängt an mir und den Kindern. — Vor etwa vier Wochen kam nun plötzlich ein Brief von seiner Schwester, die ihn endlich nach langem Suchen gefunden hatte. Sie lebt mit ihrer Mutter auf dem Land in Bayern. Überglücklich fuhr mein Mann hin und kam wie gebrochen zurück. Bei seiner Mutter hatte er erfahren, daß seine erste Frau mit den Söhnen gar nicht umgekommen sei. Das Telegramm mußte einem anderen Kriegskameraden gleichen Namens gegolten haben. Was nun? Natürlich mußte er seine erste Frau nun auch aufsuchen. Was für eine furchtbare Begegnung das war, können Sie sich denken. — Die Frau liebt ihn natürlich noch immer, die Söhne haben ein Anrecht auf ihren Vater. Hier stehe ich mit unseren vier Kindern, die alle noch so klein sind, daß sie den Vater brauchen. Mein Mann und ich lieben uns innig. Was aber soll weiter geschehen? — —" Aufs neue brach die junge Frau in bitterliches Weinen aus. „Die Mutter meines Mannes, eine feine, gütige Frau ist zu uns gekommen, weil ich diesem Sturm nicht standhielt. Ich brach zusammen. Und nachdem ich Ihnen dies alles erzählt habe, sollen Sie es auch wissen: ich trage unser fünftes Kind unter dem Herzen. Aber sagen Sie, was, um Gottes willen, was soll werden?"

Frau Sonnheld litt mit der Verzweifelten, deren Körper in haltlosem Weinen erbebte. — Nein, hier wußte sie keinen Rat. Hier stand sie wieder einmal vor einem unüberwindlich scheinenden Berg von Not und Herzeleid. —

„Frau Bohl", sagte sie mit vor Bewegung zitternder Stimme, „Sie haben recht, ich kann Ihnen weder helfen, noch raten, aber wir dürfen auch mit diesem Herzeleid zu dem kommen, der gesagt hat: ‚Rufe mich an in der Not, so will ich dich erretten, und du sollst mich preisen!' Wie und auf welche Art er Sie aus Ihrer Not erretten wird, das vermag ich nicht zu sagen, aber daß er Sie erretten kann und wird, das dürfen wir ihm zutrauen, denn er hat es versprochen, und seine Verheißungen sind wahr! Zur rechten Zeit wird er die Hilfe senden. Kommen Sie, Frau Bohl, wir wollen es ihm sagen!" Und Frau Sonnheld faltete die Hände und betete mit der Unglücklichen in der Stille der Nacht, wissend, daß sie gehört und erhört würde. —

„Und nun versuchen Sie zu schlafen! Gott weiß um Ihre Not." — Leise verließ sie das Zimmer. Vor der Türe trat ihr Fräulein Maydorn in großer Besorgnis entgegen: „Frau Sonnheld, ich habe Ihnen noch ein kleines Nachtessen bereitgestellt. Sie haben heute abend ja noch nicht gegessen, das geht doch nicht so weiter."

Die Heimleiterin hob warnend den Finger: „Und wer muß wieder beinahe im Morgengrauen aufstehen, um alle Vorbereitungen in der Küche für den kommenden Tag zu treffen? Fräulein Maydorn, Sie sollten schon längst zu Bett sein."

„Erst will ich mich noch vergewissern, daß Sie nicht, ohne etwas zu essen, schlafen gehen."

Und dann saßen die beiden Frauen noch eine halbe Stunde beisammen und besprachen in gegenseitigem feinem Verstehen die Erlebnisse des Tages. —

„Unsere Aufgabe ist wahrlich nicht leicht", stellte Fräulein Maydorn fest.

„Aber schön und beglückend ist es, für andere da zu sein."

Am nächsten Morgen ermunterte die Heimleiterin Frau Söttling, liegen zu bleiben. „Sie benötigen noch einige Zeit unbedingter Ruhe und Erholung."

Ein dankbarer Blick traf sie. „Ich möchte auch nicht unter Menschen. — Ich — ich habe Angst vor dem Leben." —

„Wenn Sie gelernt und erfaßt haben, daß Gott der Herr über Leben und Tod ist, dann wird es anders."

„Gott? — Er ist so fern — wenn er überhaupt da ist."

„Er ist uns ganz nahe gekommen durch Jesus Christus. Und durch ihn dürfen wir ‚Unser Vater' zu ihm sagen."

„Ich weiß so wenig davon. Mein Vater war Gottesleugner. Wir Kinder durften keinen Religionsunterricht besuchen. Und wenn ich an all den Jammer in der Welt denke, dann fällt es mir schwer, an Gott zu glauben, jedenfalls kann es kein Gott der Liebe sein, sonst würde er so viel Ungerechtigkeit, Krieg und Blutvergießen nicht zulassen."

„Es ist anders, als Sie denken. All die Ungerechtigkeit und Schlechtigkeit, Untreue und Lieblosigkeit, unter der die Menschheit leidet, sind gerade ein Beweis dafür, daß sie verlernt hat, nach Gott zu fragen, und sich gegen seine Gebote, die eine festgefügte Lebensordnung sind, auflehnt. Es müßte all dieses nicht sein. Alles, worunter wir leiden, Krankheit und Tod, Sünde und Verderben, sind die Folgen der Gottentfremdung."

Frau Söttling antwortete nicht mehr. Sie hatte die Augen wieder geschlossen. Vielleicht strengte das Zuhören sie noch zu sehr an. Als Fräulein Maydorn ihr durch eine ihrer Haustöchter etwas später das Frühstück bringen ließ, las Frau Söttling in einem billigen Liebesroman. Es bewegte die Wirtschaftsleiterin derartig, daß sie es Frau Sonnheld mitteilen mußte.

„Ist es nicht erschütternd, daß sie nach einem solchen Erleben nach solcher Lektüre greift? Welch ein Beweis von innerer Armut!"

„Ich werde ihr ein gutes Buch aus der Hausbibliothek bringen", sagte Frau Sonnheld. — Als sie kurz darauf das Zimmer betrat, legte sie die Biographie von Mutter Eva von Thiele-Winckler der Kranken auf die Bettdecke.

„Ach, Sie haben bereits etwas zu lesen? Was ist es für ein Buch?" Über Frau Söttlings bleiche Wangen huschte für einen Augenblick der Schein einer nicht zu verkennenden Schamröte. —

Eine Angestellte im Krankenhaus gab es mir. Sie meinte, ich müsse jetzt ein leicht zu fassendes heiteres Buch lesen, damit ich auf andere Gedanken komme."

„Darf ich das Heft einmal sehen?" bat Frau Sonnheld und las den Titel desselben: ‚Die Liebesnacht der wilden Evelyn!' Kopfschüttelnd gab sie es zurück.

„Wenn ich Sie bitten darf, lesen Sie nichts Derartiges! Diese schwülen Liebesgeschichten sind so verderblich und rufen in Ihnen nur die törichte Sehnsucht nach Unerreichbarem wach. Glauben Sie mir, Frau Söttling, das Leben ist so ganz anders! Das haben Sie doch selbst erfahren. Es ist mit diesen Büchern genau so, wie mit den schwülstigen Filmen. Sie haben so wenig oder überhaupt keine Ähnlichkeit mit dem wirklichen Leben und verwirren die Menschen nur. Vielleicht wären Sie gar nicht dahin gekommen, das Schreckliche zu tun, wenn Sie auf dem Boden der Wirklichkeit geblieben wären."

Frau Sonnheld ergriff die Hand der jungen Frau. „Lassen Sie sich raten! Sie müssen es doch spüren, daß wir Ihnen helfen wollen. Suchen Sie nicht länger in ganz verkehrter Richtung! Glauben Sie, auch Ihr Leben kann noch in rechte Bahnen gelenkt werden, wenn Sie sich zu Gott wenden und es von ihm her ausrichten. Auch Ihre Ehe kann noch eine glückliche werden."

„Daran kann ich nicht mehr glauben", weinte Frau Söttling. „Für uns gibt es kein Glück mehr."

„Sie dürfen das Glück nicht an falscher Stelle suchen. Vielleicht sollten wir an Stelle von Glück lieber von Segen reden. An Gottes Segen ist alles gelegen. Das sogenannte Glück kommt aus der Vergänglichkeit und ist daher von kurzer Dauer, Segen aber kommt von Gott und ist daher ewig. Ich komme wieder, Frau Söttling. Wir müssen noch öfters über diese wichtigen Lebensfragen sprechen. Es ist mir ein so ernstes Anliegen, daß Ihr Aufenthalt hier für Sie zur Lebenswende werden möchte. Aber jetzt muß ich gehen. Meine Frauen warten auf mich."

„Danke!“ Ganz leise sagte es Frau Söttling. „Und nehmen Sie dieses Heft mit, und verbrennen Sie es! Ich will es nicht mehr lesen. Bitte, helfen Sie mir weiter! Ich bin so unsagbar allein.“

*

Für den Nachmittag hatte Frau Sonnheld einen gemeinsamen Ausflug mit ihren Frauen geplant. Ein nahegelegenes Kloster war das Ziel. Allerdings, der Weg zog sich mehr als eine starke Stunde hin. Ob die älteren Frauen zwei Stunden hin und zurück leisten konnten? Einige entschlossen sich, wenigstens eine Strecke mit der Kleinbahn zu fahren. Die Herzkranken durften sich nicht zu viel zumuten. —

Die meisten wählten mit Frau Sonnheld den Höhenrandweg durch den Wald. — Es war ein sonnendurchglühter Spätsommertag. Der schattenreiche Weg unter den Bäumen am Hang des Berges war gut begänglich. Auf schwellenden Mooskissen leuchteten rote und gelbe Pilze. Streckenweise waren die Albmatten wie besät mit Silberdisteln. Die Frauen jauchzten auf. „Davon nehmen wir welche mit nach Hause. Ein lange Zeit frischbleibendes Andenken an unseren Aufenthalt hier!“ — Frau Sonnheld hätte ihnen allen die Freude gegönnt, jedoch wußte sie, daß die Silberdisteln, ebenso wie die langstieligen Enziane, die hier ebenfalls in Mengen blühten, unter Naturschutz standen. — — Als sie noch zögernd überlegte, trat der Förster aus dem Walddickicht. Lachend gab er auf ihre Frage die Erlaubnis, daß jede der Frauen sich eine Silberdistel mitnehmen dürfe, weil diese hier in rauhen Mengen blühten, und ebenso ein kleines Sträußlein Enzian — aber nur ausnahmsweise. — Freundlich grüßend schritt er weiter.

Frau Sonnheld hatte Fräulein Maydorn überredet, an diesem Ausflug teilzunehmen. „Wenn ich nicht dafür sorge, daß Sie auch einmal an die Luft kommen, verkümmern Sie uns ganz in Ihren Wirtschaftsräumen. Sie haben schon erschreckend Stubenfarbe angenommen." Die beiden mischten sich unter die Frauen. Auch dieser Ausflug war für sie Dienst an denselben.

„Ist es Ihnen nicht zu viel, beide Wege zu Fuß zu gehen?" fragte Frau Sonnheld die etwas zurückgebliebene Frau Walter. Das Gehen wurde ihr jetzt schon manchesmal sichtlich schwer.

„Ach nein", erwiderte diese. „Ich habe nur ein paar Heidekrautstengel gepflückt. Vielleicht finde ich noch mehr solche, dann mache ich für mein Dorle ein Kränzchen. Das darf sie sich dann über ihr Bett hängen. Sie ist eine kleine Blumennärrin. Das ist ja kein Wunder, nachdem Vater, Großvater und Urgroßvater Gärtner sind."

„Fühlen Sie sich jetzt körperlich etwas besser, als am Anfang Ihrer Urlaubszeit?"

„O ja, viel besser, vor allem werde ich mit neuem Mut und großer Freudigkeit wieder zurückkehren in meine Familie und an meinen Arbeitsplatz. Neben der körperlichen Erholung, dem Ausruhen und Sogutverpflegtwerden habe ich hier so vieles erlebt, was mir große Hilfe bedeutet. Bibelarbeit und Hausandachten sind mir ja nichts Ungewohntes. Seit Jahren bin ich darin heimisch, aber eine andere Lektion, die mir sehr nötig war, ist mir hier zuteil geworden. Seh'n Sie, Frau Sonnheld, ich bin nun seit mehr als sechs Jahren verheiratet. Mein Mann und ich beten täglich gemeinsam um die Erhörung eines bestimmten Gebetes. Ich kann es Ihnen ja sagen: Meine Mutter war mit meiner Eheschließung nicht einverstanden. Sie wies mir die Türe. Hätte ich mit meiner Verheiratung irgendeinen eigenen und bequemen Weg eingeschlagen, so hätte ich das Schweigen Gottes auf mein Gebet verstanden. — Aber mein Mann ist ein bewußter Christ. Nur die Krankheit seines alten, gelähmten Vaters, der auf ihn angewiesen ist, hält ihn noch davor zurück, als Missionar nach Afrika zu gehen. Unsere Ehe und unser Familienleben ist äußerst harmonisch. Mein Mann ist mir ein leuchtendes Vorbild. Ich liebe ihn nicht nur, sondern ich blicke in großer Achtung zu ihm empor. Aber ohne es zu wissen, war ich in einen gewissen Dünkel hineingeraten. Gott muß sich doch zu unserem Gebet bekennen. Wir sind doch bemüht, unser ganzes Leben nach seinem Willen einzurichten. Warum greift er nicht ein? Ich litt unsagbar unter der Trennung von meiner Mutter, die seit Jahren jeden Brief, den ich ihr schreibe, ungeöffnet zurückgehen läßt und keinerlei Annäherung meinerseits wünscht. Ich bin tot für sie, weil ich mich ihrem Willen widersetzt habe. Das heißt, die Spaltung kam schon damals zustande, als ich ihr, nach einem Aufenthalt in der Schweiz, wo ich Gelegenheit hatte, einige Zeit in einer Bibelschule zu sein, mitteilte, daß ich mich entschlossen habe, ein neues Leben, und zwar ein solches in der Nachfolge Christi, zu beginnen. — Meine Mutter, die sich eine Kirchenchristin nennt und uns Geschwister, wie sie meint, christlich erzogen hat, betrachtete das als einen Vorwurf ihr gegenüber. Sie fand keinerlei Veranlassung dafür, daß ich ein neues Leben beginnen müsse. Meine beiden Brüder sind tot, mein Vater ebenfalls. Die Mutter hat nur noch mich. Sie sagte sich los von mir und wählte eher die Einsamkeit, als noch mit mir, die sie verstockt und einem religiösen Wahn verfallen nennt, Verbindung zu haben. Dies alles legte sich derartig auf mein Gemüt, daß ich nicht mehr froh sein konnte. Ich habe Tag und Nacht geweint. Vielleicht meinte ich, es so von Gott erzwingen zu können. — Mein guter Mann hatte es gewiß nicht leicht mit mir. — Vielleicht war auch mein Zustand ein wenig die Ursache, daß ich mich gar nicht mehr über die Dinge erheben konnte. Es ging so weit, daß ich mich auch nicht mehr auf unser Kindchen freuen mochte. So kam ich hierher. Zuerst wollte ich nichts als meine Ruhe haben und wünschte, die Wochen meines Hierseins möchten so rasch wie möglich vorübergehen. Ich grollte Ihnen auch ein wenig, daß Sie mich nicht in ein Einzelzimmer gelegt hatten. Sehen Sie, so egoistisch kann auch ein Christ sein! Aber nun habe ich hier so viel erlebt, daß ich erkenne, meine Last, die ich zu tragen habe, ist ganz gewiß eine der allergeringsten im Vergleich zu dem, was viele unserer Frauen hier durchmachen. — Glauben Sie mir, ich schäme mich meines Verzagtseins! Da ist zum Beispiel meine Zimmerkollegin. Sie hat keine Menschenseele, die zu ihr gehört. Dazu hat sie mir anvertraut, was Sie, Frau Sonnheld, bestimmt durch die Personalien auch wissen, nämlich, daß sie schwerkrank ist. Nach menschlicher Berechnung wird dieses wohl die letzte Urlaubszeit sein, die sie erlebt. Gleich nach ihrer Rückkehr von hier wird sie wieder ins Krankenhaus kommen. Sie hat, ohne daß diese es wußten, ein Gespräch zwischen zwei Krankenschwestern gehört, die sich über die Hoffnungslosigkeit ihrer Krankheit unterhielten. Wie tapfer trägt sie ihr Los! Allerdings kann sie es nur, weil sie eine echte Christin ist. Ich bewundere sie und habe in dieser Zeit viel von ihr gelernt. Es ist aus der Zimmerkameradschaft eine herzliche Freundschaft geworden, und ich habe mir vorgenommen, mich bis zuletzt — ich meine, auch wenn sie im Krankenhaus sein wird —, solange sie noch zu leben hat, um sie zu kümmern. — — Oder wenn ich an Frau Schmelzer denke. Ihr Mann ist ein Trinker. Ihre Tochter geht auf Abwegen. Noch ehe sie hier herkam, hat sie die Mutter derartig geschlagen, daß diese in ärztliche Behandlung gehen mußte. Nie werde ich vergessen, wie sie in den ersten Tagen immer weinte, wenn wir sangen, oder wenn eines von uns ihr ein freundliches Wort sagte. ‚Daß es so etwas gibt! Daß ich so etwas erleben darf!' — — Und dann unsere blinde Frau Klein. All ihre Angehörigen sind beim Fliegerangriff umgekommen. Sie hat dabei ihr Augenlicht verloren. Und doch: wie getrost ist sie, und welch Gottvertrauen besitzt sie! — Keine von uns singt so kräftig wie sie unser Lied: ‚Sieh, ich habe dir geboten, freudig und getrost zu sein!' Das kann man doch wirklich nur, wenn man die Kraft Gottes als Realität erprobt hat. — — Es ist auch so wertvoll, daß hier in Ihrem Heim Frauen und Mütter aller Stände zusammenkommen. Das sagte gestern auch die Professorenwitwe, Frau Gmelin. Nie vorher habe sie ein solch feines Verhältnis erlebt zwischen den einfachsten Frauen und solchen, die aus den sogenannten besseren Kreisen kommen. — Was heißt schon bessere Kreise? Besser ist meines Erachtens nur die Steigerung von ‚gut'. Auf die innere Haltung des Menschen kommt es an. — Ach, Frau Sonnheld! Ich bin so dankbar, daß ich hier sein durfte, und ich habe viel gelernt. Ich will nun auch ganz getrost warten, bis Gottes Stunde für meine Mutter kommt."

„Und sie wird kommen, Frau Walter. — Aber ich freue mich herzlich mit Ihnen. Ich sehe, die Zeit im Müttererholungsheim hat Ihnen gut getan."

„Es würde mich interessieren, ob Sie bei den vielen Frauen nie auf direkte Ablehnung stoßen. Es kommen doch auch solche, die keineswegs christlich gesinnt sind."

„Gewiß. Aber eigentlich Ablehnung erleben wir nur selten. Manche haben offen erklärt: ‚Ich glaube nicht an Gott.' Aber sie haben Achtung gehabt vor dem, was uns heilig war. Viele aber sind hier zum lebendigen Glauben gekommen. Zwei- oder dreimal haben wir erlebt, daß eine Frau abreiste, weil es ihr, wie sie sagte, zu fromm bei uns zuging. Daß wir unter unseren vielen Gästen auch dann und wann jemand haben, der an allem auszusetzen hat, ist ja verständlich. Und natürlich unterlaufen auch uns Fehler. Wir alle sind ja nur Menschen. Aber im großen ganzen sind die Frauen gerne hier, und auch in dieser Freizeit freuen wir uns, zu sehen, wie fröhlich und aufgeschlossen unsere Mütter geworden sind, und wie sie sich sichtlich an Leib und Seele erholt haben."

Eine der Frauen stimmte ein Wanderlied an. Die anderen fielen sofort ein:

Wir wandern in die Weite.
Wer von euch gehet mit?
Der halt' sich uns zur Seite,
Frischauf im Wanderschritt!

Es lacht die helle Sonne,
Die Vöglein jubilier'n,
O Wanderlust, o Wonne,
Kein' Zeit ist zu verlier'n!

Stimmt ein in unsre Lieder,
Frohsinn erfüllt das Herz,
Laßt klingen sie immer wieder,
So weichen Sorg' und Schmerz!

Ein Gefühl tiefen Dankes stieg in Frau Sonnheld auf. — Diejenige, welche das Lied angestimmt hatte, war in der ersten Woche ihres Hierseins nach einer Bibelarbeit in Tränen aufgelöst zu ihr in die Sprechstunde gekommen. „Ich finde keine Ruhe mehr", hatte sie gesagt. „Bisher glaubte ich, ein untadeliger Mensch zu sein. Aber hier zerfällt all meine Sicherheit in nichts. — Ich trage seit Jahren eine Schuld mit mir herum. Während des Krieges war ich noch nicht verheiratet, kannte aber meinen Mann schon und stand mit ihm in Briefwechsel. Als er zurückkam, verlobten wir uns. Auf seine Frage, ob er der erste Mann sei, der in mein Leben trete, antwortete ich ihm: ‚Ja!‘ Ich verschwieg ihm, daß ich in seiner Abwesenheit ein intimes Verhältnis mit einem anderen Mann gehabt hatte, und daß dieses nicht ohne Folgen geblieben war. Das Kind starb bei der Geburt.

Er selbst hatte sich während des ganzen Krieges sauber gehalten. Er war ein unerfahrener, unverdorbener Mensch, als ich seine Frau wurde. Oft hat mich diese Schuld gequält, aber ich hatte nicht den Mut, sie zu bekennen. Nun erwarte ich unser erstes Kind. Und ich werde die Angst nicht los, Gott könne es wieder sterben lassen, weil ich mich so versündigt habe. Mehr aber als diese Angst quält mich, seit ich hier bin, die Schuld. Was soll ich tun?“

Frau Sonnheld hatte geantwortet: „Was sagt Ihnen Ihr Gewissen, daß Sie tun sollen?“

„Ich sollte es meinem Mann bekennen.“

„Sie werden nicht eher zur Ruhe kommen, bis Sie gehorsam sind.“

„Ich habe Angst davor. Wenn unsere Ehe daran zerbräche?“

„Sie wird nicht an der Wahrheit, viel eher an der Unwahrheit zerbrechen. Bitten Sie Gott, daß er Ihnen Mut und Kraft zum Bekenntnis gebe!“ —

Einen Tag später hatte die junge Frau ihrem Mann geschrieben und ihm ein volles Bekenntnis abgelegt. Tage angstvollen Bangens folgten. Endlich kam die Antwort. Die junge Frau brachte Frau Sonnheld den Brief.

„Es war ein harter Schlag für mich“, schrieb der Gatte. „Aber als ich an jenem Abend das Vaterunser betete, kam ich nicht weiter, als bis zu der Stelle: ‚und vergib uns unsere Schuld, wie wir vergeben unseren Schuldigern!‘ Dann wußte ich, was ich zu tun habe. Wie kann ich Gnade und Vergebung von Gott erwarten, wenn ich nicht selbst bereit bin, zu verzeihen! Brigitte, es ist alles in Ordnung!“ —

Freudentränen hatte die junge Frau an jenem Tag vergossen. Obgleich Besuche im Heim eigentlich nicht erwünscht waren, hatte der junge Mann es am folgenden Sonntag sich nicht nehmen lassen, zu seiner Frau zu fahren. Strahlend hatten sie beide vor der Heimleiterin gestanden, wie zwei beschenkte Kinder. Arm in Arm waren sie dann hinauf zum Wald gestiegen. Am Abend war die junge Frau ihr um den Hals gefallen im Überschwang ihres großen Glückes. „Ich bin so froh — es ist alles, alles in Ordnung zwischen uns —, und nun können wir auch miteinander beten. — Das war bis dahin nicht möglich gewesen.“ —

Diese Frau war es nun, die so fröhlich das Wanderlied anstimmte. — „Ich danke dir, Gott!“ flüsterte Frau Sonnheld. „Wie wunderbar ist der Dienst am Nächsten!“

Sie waren am Kloster angelangt. Es lag inmitten von Wiesen, umgeben von Wald, auf einer der das Filstal umgebenden Höhen. Wie ein Gemälde breitete sich das Tal mit seinen gepflegten Dörfern zu seinen Füßen aus.

Ein freundlicher Klosterbruder führte die Frauen in die Wallfahrtskirche und war eifrig bemüht, ihnen die Schönheiten und Werte zu erklären. —

*

„Wie lange dauert es noch, Vati, bis wir dort sind?“ fragte das kleine Mädchen, das an der Seite des ernsten Mannes unentwegt zum Fenster des Abteils hinausblickte und mit ihrem lebhaften Erzählen, Fragen und Singen alle übrigen Fahrgäste unterhielt. Ihm gegenüber saß eine Dame, anscheinend die Großmutter, und bemühte sich ebenfalls, all die vielen Fragen der Kleinen zu beantworten.

„Wir müssen noch einmal umsteigen und mit einem Autobus weiterfahren“, erwiderte der Vater.

„Und weiß die Mutti wirklich gar nicht, daß wir kommen?“

„Nein, wir wollen sie überraschen.“

„Sag' mal, Oma, kennt dich die Mutti überhaupt?“

„Natürlich, Kind, sie ist doch meine Tochter!“

„Aber du warst doch vorher nie ...“

„Dorothea, sieh mal, da drüben springt ein Häschen!“ Herr Walter war froh, eine Ablenkungsmöglichkeit zu haben. Dieses Kind brachte einen in die größte Verlegenheit.

„Nun wollen wir alle drei ein Lied singen!“ bestimmte Dorle.

„Ach nein, lieber nicht. Zu Hause dann wieder.“

„Oder wir spielen Hänsel und Gretel. Du, Vati, bist der Hänsel, du, Oma, die Gretel, und ich die böse Hexe. Ich krieche jetzt unter die Bank. Dort ist mein Hexenhaus.“ Schon wollte sie ihr Vorhaben zur Tat werden lassen. Nur mit raschem Zugriff vermochte Herr Walter sie zurückzuhalten. „Daß du dich nicht unterstehst!“

„Denk' doch, dein neues weißes Kleidchen, Dorle! Die

Mutti hat es noch gar nicht gesehen. Es würde ganz schmutzig, wenn du unter die Bank kriechen würdest.“

Einen kleinen Augenblick blickte die Kleine wieder zum Fenster hinaus. Der Zug hielt. Einige Fahrgäste stiegen aus, andere kamen herein, darunter eine Dame, die Dorotheas Aufmerksamkeit sehr erregte: „Vati, warum hat die Frau so arg rote Fingernägel und so einen roten Mund? Ist das schön? — Warum hat es die Mutti nicht auch so?“

„Dorothea“, warnte der Vater, „man spricht nicht über andere Leute!“

„Warum nicht?“

„Du kannst mich zu Hause fragen, wenn du etwas wissen willst.“

„Sagst du mir dann zu Hause, warum die Frau so rote Fingernägel hat?“

Die Trägerin derselben stand in großer Verlegenheit auf und wechselte in den Nebenwagen über.

Dorothea hatte so laut gesprochen, daß alle Anwesenden es hören mußten.

„Welch ein unerzogenes Kind!“ entrüstete sich eine Frau.

„Nein, im Gegenteil“, äußerte sich ein Mann, „da kommt noch die unverbogene Ehrlichkeit eines reinen Kinderherzens zum Vorschein. Sie spricht nur aus, was wir denken.“

Herr Walter war in größter Verlegenheit und nahm sich vor, nicht so schnell seine Tochter wieder mit auf Reisen zu nehmen. Zum Glück kam jetzt die Mutti wieder heim. Es war doch kein Kleines, mit diesem Persönchen fertig zu werden. Frau Bornknecht aber fand es an der Zeit, Dorothea auf den Schoß zu nehmen und sie durch eine Geschichte, die sie ihr ins Ohr erzählte, zu fesseln und damit neues Unheil zu verhüten. —

„Bitte, wollen Sie Platz nehmen!" Fräulein Maydorn führte die Besucher in das Empfangszimmer. „Die Heimleiterin wird gleich kommen. Sie singt gerade mit den Frauen." — —

Was tönte da für ein seltsames Lied durchs Haus?

Ein kleiner Eskimo
Ist seines Lebens froh
Und sucht sich seine Eskomödin,
Und auf der Lebensbahn
Gibt er ihr Lebertran
Und Walfischeier
Ganz ungeheuer!

Fast befremdet blickt Bernt Walter seine Schwiegermutter an. — Waren sie hier nicht in einem christlichen Erholungsheim? — Gewiß, es war kein ungutes Lied, aber doch im Text recht ungewohnt, — wirklich seltsam.

Da kam auch schon Frau Sonnheld. Ehe sich die Besucher vorstellen konnten, sagte sie, so, als habe sie ihre Gedanken gelesen: „Nicht wahr, Sie wundern sich über den seltsamen Gesang? Wir haben nämlich jetzt eine Stunde Kinder-Lieder-Singen, damit unsere Mütter und Großmütter ihren Kindern auch etwas von hier mitbringen. Da kommen auch einige Scherzlieder an die Reihe, denn unsere Mütter müssen es wieder lernen, mit ihren Kindern fröhlich und vergnügt zu sein. — Hören Sie nur, wie sie herzhaft lachen!"

„Ist meine Mutti auch dabei?“ wollte Dorothea wissen und strebte bereits zur Türe. Die Großmutter hielt sie zurück. „Nicht doch, Dorle! Wir wollen die Mutti überraschen.“

Bernt Walter stellte sich und seine Schwiegermutter vor. Über Frau Sonnhelds Gesicht zog ein Ausdruck des Staunens.

„Frau Walters Mutter? Wie wird sie sich freuen!“

„Bitte, verraten Sie ihr nichts!“

„Ich werde ihr nur sagen, daß sie Besuch habe, der im Empfangszimmer auf sie warte.“

Strahlend vor Freude ging Frau Sonnheld zu ihren Frauen. Wenige Augenblicke später öffnete Frau Walter die Türe. Sie hatte Besuch? Bernt hatte doch bestimmt keine Zeit, zu kommen. Sollte Tante Maria etwa auf die Idee gekommen sein, sie mit Dorothea zu besuchen? Da stürzte Dorle ihr auch schon entgegen:

„Mutti, Mutti, wir haben dich überrascht!“

„Dorothea, Liebes, Kleines! — — Und du, Bernt! — Aber sagt doch bloß — wie kommt ihr auf den Gedanken, mich zu besuchen?“ „Weil wir es vor Sehnsucht nicht mehr aushielten.“ Bernt Walter schloß seine Frau in die Arme. — „Und noch eine ganz, ganz große Freude wartet auf dich, Gerthi, — fast zu groß, als daß du sie ertragen könntest. Nimm dein Herz in beide Hände! Überfreu' dich, bitte, nicht!“

„Die Oma, die Oma ist auch da!“ schrie Dorothea und tanzte wie ein Kreisel durchs Zimmer. —

Frau Gerthilde begriff nicht gleich. Sie löste sich fragend aus den Armen ihres Mannes. Da trat Frau Bornknecht, die halb verborgen hinter der Türe gestanden hatte, hervor und breitete ihre Arme aus. „Gerthilde, mein liebes, liebes Kind!"

„Mutter!" — —

Ganz leise nahm Bernt Walter sein kleines Mädchen an der Hand und sagte: „Wir haben ja ganz vergessen, der Mutti einen Blumenstrauß mitzubringen. Komm, Dorle, wir sehen nach, ob es hier auch einen Gärtner gibt!"

Mutter und Tochter waren allein. —

Aus dem großen Wohnzimmer klang das frohe Singen der Frauen:

Häschen saß im Kraut, wie es um sich schaut,
Kommt der Jäger her mit dem Schießgewehr,
Legt aufs Häschen an, — legt aufs Häschen an,
Puff! — — traf es nicht, der Jägersmann!

Frau Sonnheld sah durch die Glastüre den Mann mit seiner kleinen Tochter dem Ausgang zustreben. Sofort war sie draußen. Rasch hatte sie begriffen, was die Ursache war.

„Will das kleine Mädchen vielleicht mit mir hineinkommen und das Lied vom Häschen mitlernen, das unsere Mütter ihren Kindern mit heimbringen?"

Fragend sah Dorothea den Vater an. „Und die Blumen für die Mutti?"

„Die hole ich allein. Du singst doch so gerne, Dorothea. Geh' du nur mit der freundlichen Dame hinein und lerne das Lied vom Häschen! Nachher darfst du es uns vorsingen."

Bernt Walter war, so lieb er sein Töchterlein hatte, froh, sie jetzt für eine Weile los zu sein. Auch sein Herz war übervoll. Wie wunderbar waren die Wege Gottes! Nur zu gut wußte er, wie seine Frau in den Jahren ihrer Ehe unter der inneren und äußeren Trennung von ihrer Mutter gelitten hatte, und wie sie es oft gar nicht verstehen konnte, daß Gott nicht antwortete auf ihr inständiges Bitten. Selbst das Glück ihres überaus harmonischen Familienlebens hatte die Schatten nicht verscheuchen können. — Nun aber hatte Gott eingegriffen, und auf welch wunderbare Weise! Eines Kindes — s e i n e s Kindes hatte er sich bedient. — — Und jetzt erlebte seine Frau diese große Freude der Wiedervereinigung mit ihrer Mutter, noch bevor ihr zweites Kind zur Welt kam. „Ich danke dir, Gott, ich danke dir von ganzem Herzen!“ betete Bernt, während er den Wiesenpfad hinauf zur Waldeshöhe schritt. Sein Leben zog an ihm vorbei. Auf die Höhen der Freude und in die Tiefen des Leides hatte sein Weg geführt. Unvergeßlich waren die Kriegserlebnisse, schwer und oft fast unerträglich die Zeit der Gefangenschaft. Das Wissen um den Verlust der Heimat hatte lange Zeit wie eine schwere Last auf ihm gelegen. Dann kam der Ruf und Auftrag für die Mission. Die Krankheit und der Tod des Bruders durchkreuzten seine Pläne. Aber hätte er Gerthilde seine Frau nennen dürfen ohne diese Führung? Daß er nun für seinen Vater da sein durfte, betrachtete er nicht als Last und Bürde. Nein, für ihn, der so viel für seine Kinder bedeutete, war er zu jedem Opfer bereit. — — Alles war so richtig, wie Gott es gefügt hatte. — Unwillkürlich kam ihm das

Wort des Psalmisten in den Sinn: „Herr, ich bin nicht wert all der Barmherzigkeit und Treue, die du mir erzeigest!" Bis zum Kreuz oben auf der Spitze der Anhöhe stieg er. — Es war ihm klar, daß Mutter und Tochter jetzt ungestört beieinander weilen mußten. Hoffentlich störte das unruhige Kind dieses erste Beisammensein nach so langer Zeit nicht! Aber Frau Sonnheld hatte ihm ganz den Eindruck gemacht, als wisse sie genau, um was es ging. — —

Bernt konnte nicht anders: beim Kreuz hoch oben angelangt, stimmte er mit kräftiger Stimme an: „Lobe den Herren, den mächtigen König der Ehren!" Beim zweiten Vers stimmte plötzlich eine Gruppe Sommerfrischler mit ein. Sie traten unter den Bäumen des Waldes hervor, grüßten Bernt mit Blicken frohen Einvernehmens, als wollten sie sagen: „Wir gehören zusammen!" Nachdem das Lied verklungen war, reichte man sich gegenseitig die Hand, als sei man längst miteinander bekannt. — Auf dem Rückweg gesellte sich ein weißhaariger alter Herr zu Bernt. „Man kann fast nicht anders, als beim Anblick solcher Naturschönheit in ein Loblied einstimmen. Wir sind hier als Kurgäste unten im Sanatorium. Es ist eigenartig und zugleich wunderbar, obgleich wir mehr als hundert Gäste sind: die Gleichgesinnten finden sich sehr schnell zusammen. Da heißt es auch: ‚Deine Sprache verrät dich!' Es ist eben doch nicht zu verbergen, wes Geistes Kind man ist."

Als Bernt wieder zurückkehrte in das Müttererholungsheim, hörte er Dorotheas Stimme durchs ganze Haus schallen. Er fand sie zwischen Mutter und Großmutter sitzend, denen sie soeben das Lied vom Häschen beizubringen versuchte. Mit ihrer raschen Auffassungsgabe hatte sie es erstaunlich schnell begriffen.

„Jetzt kommt der zweite und dritte Vers“, sagte sie soeben und schmetterte los:

Häschen springt vor Schreck übers Hündchen weg;
Stolpert obendrein über einen Stein;
Und dann saust es fort, und dann saust es fort
In die dichten Büsche dort.
Jäger hat's nun nicht, macht ein bös' Gesicht.“

Sie unterbrach ihr Singen: „Vati, du mußt ein böses Gesicht machen, denn du bist der Jäger. Und die Tante hat gesagt, man müsse den Kindern alles vormachen, was in dem Lied steht. Hörst du, Vati, mach' jetzt ein böses Gesicht!“

Gerthilde strahlte ihren Mann an. Er aber erwiderte seiner Tochter: „Also, Dorothea, mit dem besten Willen kann ich jetzt kein böses Gesicht machen, du verlangst zu viel, denn ich war kaum in meinem Leben glücklicher, als ich jetzt bin.“ — —

Seine Frau aber zog ihn mit einem Arm zu sich herunter, während sie den anderen um die Mutter legte und sagte: „Und ich erst, Bernt! Und ich erst! Das Glück zersprengt mir fast das Herz.“ Zwischen ihnen aber sang Dorothea unbeirrt drauflos:

„Jäger hat's nun nicht, macht ein bös' Gesicht,
Stolpert obendrein über einen Stein,
Hündchen sagt wau-wau, Hündchen sagt wau-wau,
Häschen war heut' viel zu schlau!“

Plötzlich sah sie den Vater vorwurfsvoll an: „Und wo sind die Blumen?"

Schuldbewußt blickte der Vater auf seine leeren Hände. „Tatsächlich, Dorle, ich hab' sie wieder vergessen! Aber weißt du, ich glaube, die allerschönsten blühen doch bei uns zu Hause in unserem Garten."

„Ja", bestätigte Frau Walter, „die allerschönsten blühen in unserem Garten", und ihre Augen strahlten dabei.

„Und nun gehe ich", fuhr Bernt Walter fort, „und frage deine Heimleiterin, ob sie es nicht erlaubt, daß wir dich schon heute mit nach Hause nehmen. Morgen ist ja doch euer letzter Tag, und außerdem wird es gut sein, wenn du bald heimkommst. Vater hat mir in den letzten Tagen nicht so recht gefallen."

Wenige Minuten später stimmte der Chor der Frauen vor der Türe des Empfangszimmers an: Sie sangen ihrer scheidenden Mitschwester ihr Lied:

„Sieh, ich habe dir geboten, freudig und getrost zu sein.
Herr, das drücke tief und tiefer in mein zagend Herz hinein!
Herr, ich glaube! Laß mich freudig, fest auf deine Hilfe baun!
Sollt' ich dir in guten Tagen und im Sonnenschein nur traun?

Ob ich gleich im Finstern wandle: dennoch ist der Herr mein Licht.
Er, er gibt mir Trost und Freude, — von mir selber hab' ich's nicht.

Eines weiß ich, eines halt' ich als des Trostes reichsten
Quell;
Daraus fließet Kraft im Leide, Fried' und Freude
sonnenhell.

Welcher seines eignen Sohnes uns zugut verschonte nicht,
Sondern ihn für uns gegeben, weil sein Herz voll Liebe
bricht:
Sollte der nicht alles schenken uns, den Seinen, groß
und klein?
Sieh, ich habe dir geboten, freudig und getrost zu sein!"

*

Als sie nach Hause kamen, trat Mathilde ihnen mit verweinten Augen entgegen.

„Es steht nicht gut mit dem alten Herrn Walter. Ich fürchtete schon, Sie würden ihn nicht mehr lebend antreffen."

Erschrocken sahen sich Bernt und Gerthilde an. „Ist es schon so weit?" Obgleich das Leben dem Gelähmten nicht mehr viel zu bieten hatte und er selbst gewiß die Erlösung herbeisehnte, wünschten sie doch sehnlichst, ihn noch behalten zu können.

„Was ist mit dem Großvater?" fragte Dorothea. Gerthilde überlegte, was sie dem Kind antworten solle. Der Vater aber nahm die Kleine liebevoll bei der Hand und sagte: „Er macht sich bereit, heimzugehen, nach Hause zu Gott, nach dem er sich schon lange sehnt."

„Oh, darf ich nicht mit?"

„Nicht eher, als bis der liebe Gott dich ruft."

Frau Bornknecht fand keine Worte. Noch nie war es ihr begegnet, daß man in solcher Weise vom Sterben eines Menschen redete. — Gleich darauf standen sie am Lager des Gelähmten. Er erkannte sie noch alle, aber er vermochte keinen Laut mehr von sich zu geben. Auf seinem Gesicht aber war die große Freude zu sehen, daß sie noch rechtzeitig nach Hause gekommen waren, um von ihm Abschied zu nehmen. — Bernt erkannte gleich, daß der Vater wohl nicht mehr lange zu leben hatte. — Er beugte sich über ihn und sagte laut und vernehmlich: „Vater, nun ist die Stunde wohl gekommen, in der du nach Hause gehen darfst. Gott ruft dich!"

Nur mühsam vermochte der Sterbende noch mit dem Kopf zu nicken. Und der Sohn fuhr fort: „Ich will dir nun die Worte sagen, um die du mich batest, falls du zuletzt nicht mehr reden könntest:

„... Und ob ich schon wanderte im finstern Tal,
fürchte ich doch kein Unglück,
denn du bist bei mir,
dein Stecken und Stab trösten mich ..."

Nachdem die Eltern sahen, daß das Sterben des Vaters nichts Schreckhaftes war, erlaubten sie auch Dorothea, hereinzukommen. Das Kind mußte etwas ahnen von dem Ernst der Stunde, denn es kam auf Zehenspitzen, behutsam und leise herein.

„Großvater", fragte Dorothea, „ist es wahr, daß du jetzt zum lieben Gott gehst?"

„Du darfst ihm noch ‚Auf Wiedersehn' sagen." Der Vater legte des Kindes Händchen auf die des alten Mannes. Ein glückliches Lächeln leuchtete in seinen Augen auf. Und plötzlich schien er noch einmal seine Stimme zurückzubekommen: „Liebe kleine Gottesgabe!“ flüsterte er — und mit schon fast brechendem Blick umfaßte er die Enkeltochter.

„Gerthilde“, bat Bernt, „willst du nicht dem Vater euer Lied vorsingen, euer Lied vom Müttererholungsheim?“

Über das Gesicht der jungen Frau liefen Tränen, — aber sie bezwang sich und sang dem Sterbenden zum Geleit auf der letzten Wegstrecke: „Sieh, ich habe dir geboten, freudig und getrost zu sein.“ Bei den Worten: „Sollte Er nicht alles schenken uns, den Seinen, groß und klein . . .“ tat der alte Mann seinen letzten Atemzug. —

Ganz still war es in dem Sterbezimmer. Sie empfanden es alle: Vorraum der Ewigkeit! — „Jetzt ist der Großvater daheim!“ sagte Bernt zu seiner Tochter und führte das Kind leise hinaus.

Bevor Frau Bornknecht sich niederlegte, trat ihre Tochter noch einmal in ihr Zimmer. „Du wirst müde sein, Mutter, — es war ein großer Tag, froh und ernst.“

„Ja, Kind, — es war eine Heimkehr in doppeltem Sinn.“

Im Hause war völlige Ruhe eingetreten. Gerthilde und Bernt lagen noch wach. — — Die junge Frau griff nach der Hand ihres Mannes. Sie wußte, was ihm der Tod des Vaters bedeutete.

„Er ist zu Hause, Bernt“, sagte sie. „Daran glauben wir doch unumstößlich.“

„Ja, daran glauben wir. Wo wäre sonst ein Sinn des Lebens zu finden? — — Aber Gerthilde, ist es dir auch klar, daß für mich, nein, für uns jetzt die Türen zur Mission wieder offen stehen? — — Gerthilde, bist du bereit, mit mir zu gehen?"

Nach kurzem Besinnen antwortete sie ihm mit den Worten Ruths:

„Wo du hingehst, da will auch ich hingehen,
Und wo du bleibst, da bleibe auch ich,
Dein Gott ist mein Gott, dein Volk ist mein Volk,
Nur der Tod soll uns scheiden."

Und nach einer Weile: „Aber um eins bitte ich dich: sprich nicht schon gleich mit Mutter darüber! Laß ihr die ungetrübte Freude noch eine Weile, ihre Tochter wiedergefunden zu haben! — — Ich glaube sicher, daß sie bald innerlich so weit ist, daß sie erkennt: nichts ist wichtiger für uns, als Gottes Ruf Folge zu leisten."

Bernt gab den Druck ihrer Hand zurück. „Ja, das ist das Wichtigste!"

. . . und dennoch erfülltes Leben
Fortsetzung der Erzählung „Des Erbguts Hüterin"
243 Seiten. Taschenbuch Nr. 11

Der dunkle Punkt
212 Seiten. Taschenbuch Nr. 12

Die Versuchung der Chiara Frohmut
240 Seiten. Taschenbuch Nr. 13

Große Not im Kleinen Kaufhaus und anderes
240 Seiten. Taschenbuch Nr. 14

. . . und haschen nach Wind
267 Seiten. Taschenbuch Nr. 15

Was dein Herz wünscht
Fortsetzung der Erzählung „. . . und haschen nach Wind"
240 Seiten. Taschenbuch Nr. 16

. . . und keiner sah den Engel
246 Seiten. Taschenbuch Nr. 17

Lisettens Tochter
256 Seiten. Taschenbuch Nr. 18

Du hast mein Wort
277 Seiten. Taschenbuch Nr. 19

. . . das Treue auf der Erde wachse
Fortsetzung der Erzählung „Du hast mein Wort"
256 Seiten. Taschenbuch Nr. 20

CHRISTLICHES VERLAGSHAUS GMBH STUTTGART

Alle deine Wasserwogen
254 Seiten. Taschenbuch Nr. 21

Die zerrissene Handschrift
Fortsetzung der Erzählung „Alle deine Wasserwogen"
248 Seiten. Taschenbuch Nr. 22

In Gottes Terminkalender
256 Seiten. Taschenbuch Nr. 23

Kleiner Himmel in der Pfütze
Fortsetzung der Erzählung „In Gottes Terminkalender"
256 Seiten. Taschenbuch Nr. 24

Eine Hand voll Ruhe
205 Seiten. Taschenbuch Nr. 25

Das verborgene Brot
223 Seiten. Taschenbuch Nr. 26

Was dir vor die Hände kommt
Fortsetzung der Erzählung „Das verborgene Brot"
256 Seiten. Taschenbuch Nr. 27

Ich aber meine das Leben
238 Seiten. Taschenbuch Nr. 28

CHRISTLICHES VERLAGSHAUS GMBH STUTTGART